Der Strand von Falesa

Ubersetzt von Heinrich Conrad

Robert Louis Stevenson

Impressum

Autor: Robert Louis Stevenson
Übersetzung: Heinrich Conrad
Umschlagkonzept: toepferschumann, Berlin

Verlag: tradition GmbH, Hamburg
ISBN: 978-3-8424-1367-2
Printed in Germany

Tucholsky Wagner Zola Scott Sydow Freud Schlegel
Turgenev Fonatne
Wallace
Twain Walther von der Vogelweide Fouqué Friedrich II. von Preußen
Weber Freiligrath
Frey
Kant Ernst
Fechner Fichte Weiße Rose von Fallersleben Richthofen Frommel
Hölderlin
Engels Fielding Eichendorff Tacitus Dumas
Fehrs Faber Flaubert
Eliasberg Ebner Eschenbach
Feuerbach Maximilian I. von Habsburg Fock Zweig
Ewald Eliot
Vergil
Goethe Elisabeth von Österreich London
Mendelssohn Balzac Shakespeare
Lichtenberg Rathenau Dostojewski Ganghofer
Trackl Stevenson Doyle Gjellerup
Mommsen Tolstoi Hambruch
Thoma Lenz Hanrieder Droste-Hülshoff
Dach Verne von Arnim Hägele Hauff Humboldt
Reuter
Karrillon Garschin Rousseau Hagen Hauptmann Gautier
Damaschke Defoe Hebbel Baudelaire
Descartes
Hegel Kussmaul Herder
Wolfram von Eschenbach Schopenhauer
Darwin Dickens Rilke George
Bronner Melville Grimm Jerome
Campe Horváth Aristoteles Bebel Proust
Bismarck Vigny Barlach Voltaire Federer Herodot
Gengenbach Heine
Storm Casanova Tersteegen Grillparzer Georgy
Lessing Gilm
Chamberlain Langbein Gryphius
Brentano Lafontaine
Strachwitz Claudius Schiller Kralik Iffland Sokrates
Katharina II. von Rußland Bellamy Schilling
Gerstäcker Raabe Gibbon Tschechow
Löns Hesse Hoffmann Gogol Wilde Vulpius
Luther Heym Hofmannsthal Gleim
Klee Hölty Morgenstern Goedicke
Roth Heyse Klopstock Kleist
Luxemburg Puschkin Homer Mörike
La Roche Horaz Musil
Machiavelli
Navarra Aurel Musset Kierkegaard Kraft Kraus
Nestroy Marie de France Lamprecht Kind Kirchhoff Hugo Moltke
Laotse Ipsen Liebknecht
Nietzsche Nansen
Marx Lassalle Gorki Klett Ringelnatz
von Ossietzky Leibniz
May vom Stein Lawrence Irving
Petalozzi
Platon Knigge
Sachs Pückler Michelangelo Kock Kafka
Poe Liebermann
de Sade Praetorius Mistral Zetkin Korolenko

Der Verlag tredition aus Hamburg veröffentlicht in der Reihe **TREDITION CLASSICS** Werke aus mehr als zwei Jahrtausenden. Diese waren zu einem Großteil vergriffen oder nur noch antiquarisch erhältlich.

Symbolfigur für **TREDITION CLASSICS** ist Johannes Gutenberg (1400 — 1468), der Erfinder des Buchdrucks mit Metalllettern und der Druckerpresse.

Mit der Buchreihe **TREDITION CLASSICS** verfolgt tredition das Ziel, tausende Klassiker der Weltliteratur verschiedener Sprachen wieder als gedruckte Bücher aufzulegen – und das weltweit!

Die Buchreihe dient zur Bewahrung der Literatur und Förderung der Kultur. Sie trägt so dazu bei, dass viele tausend Werke nicht in Vergessenheit geraten.

Eine Südsee-Hochzeit

Ich sah die Insel zuerst zwischen Nacht und Morgen. Der Mond stand im Westen, im Niedergehen begriffen, aber noch breit und hell. Im Osten zwischen unserm Schiff vor der Dämmerung, die ganz rosenrot war, funkelte der Morgenstern wie ein Diamant. Die Landbrise wehte in unsere Gesichter und roch kräftig nach wilden Linden und Vanille. Noch andere Dinge waren da zu bemerken, aber dies waren die einfachsten; und in der Kühle mußte ich niesen. Nun muß ich Ihnen wohl sagen, daß ich jahrelang auf einer der Niedrigen Inseln nahe am Äquator gelebt hatte, die meiste Zeit ganz einsam unter Eingeborenen. Hier stand mir nun eine frische Erfahrung bevor: Sogar die Sprache würde mir fremd sein; und der Anblick dieser Wälder und Berge erfrischte mir das Blut.

Der Kapitän blies die Lampe im Kompaßhaus aus und sagte:

»Da! Da, wo der feine Rauch hinter der Lücke im Riff aufsteigt, Herr Wiltshire – das ist Falesa, wo Ihre Station ist, das letzte Dorf nach Osten zu. Windwärts wohnt dann keiner mehr – ich weiß nicht, warum. Nehmen Sie mein Glas, und Sie können die Häuser unterscheiden.«

Ich nahm das Fernglas, und die Küste sprang näher heran, und ich sah das Baumdickicht der Wälder und die Lücke in der Brandung, und die braunen Dächer und die schwarzen Türöffnungen von Häusern lugten unter den Bäumen hervor.

»Sehen Sie das bißchen Weiß da vorn, da nach Osten zu?« fuhr der Kapitän fort. »Das ist Ihr Haus, aus Korallen erbaut, auf Pfosten hoch über dem Boden; eine Veranda so breit, daß drei Menschen nebeneinander gehen können; die beste Station im ganzen südlichen Pazifik. Als der alte Adams sie sah, kriegte er meine Hand zu fassen und schüttelte sie. ›Da hab' ich mal was Nettes erwischt‹, sagt er. – ›Das haben Sie‹, sage ich, ›und hohe Zeit war's!‹ Der arme Johnny! Hab' ihn nie wiedergesehen als bloß noch ein einziges Mal, und da sang er in einem anderen Ton – konnte nicht mit den Eingeborenen fertig werden oder mit den Weißen, oder was es sonst war; und als wir das nächste Mal vorbeikamen, da war er tot und begraben. Setzte ihm eine Tafel aufs Grab und schrieb darauf: ›John

Adams, obiit 1868. Gehe hin und tue desgleichen‹ Tat mir leid um den Mann. Hatte niemals viel an Johnny auszusetzen.«

»Woran starb er?« fragte ich.

»Irgend so 'ne Krankheit«, sagte der Kapitän, »packte ihn, scheint's, ganz plötzlich. Scheint, er stand in der Nacht auf und füllte sich Schmerzstiller und Kennedys Wunderbalsam in den Leib. Nützte nichts: dem half kein Kennedy mehr. Dann hatte er versucht, eine Kiste mit Gin aufzumachen. Ging auch nicht: nicht stark genug. Dann mußte er hinausgelaufen sein auf die Veranda und über das Geländer gepurzelt sein. Als sie ihn am nächsten Morgen fanden, war er reinweg verrückt – quasselte die ganze Zeit von irgendeinem, der ihm seine Kopra wässerte. Armer John!«

»Glaubte man, die Insel sei dran schuld?« fragte ich.

»Hm – man dachte, es sei die Insel oder seine Sorgen oder sonst was. Nach allem, was ich sonst gehört hatte, war es immer ein gesunder Aufenthalt. Ihrem letzten Mann hier, Vigours, hatte niemals ein Haar weh getan. Der ging weg wegen dem Strand – sagte, er hätte Angst vorm Schwarzen Jack und vor Case und Pfeifer-Jimmie, der dazumal noch lebte, aber später versoff, als er besoffen war. Na, der alte Kapitän Randall, der ist ja seit achtzehnhundertvierzigfünfundvierzig hier gewesen. Habe nie bemerkt, daß Billy viel fehlte, hat sich auch nicht viel geändert. Sieht aus, wie wenn er so alt werden könnte wie Methusalem. Nee – ich denke, gesund ist die Insel.«

»Da kommt ein Boot 'ran«, sagte ich, »scheint ein nettes Boot zu sein; so 'n Segelboot von sechzehn Fuß; auf der Steuerbank zwei Weiße.«

»Das ist das Boot, womit Pfeifer-Jimmie ersoff!« rief der Kapitän. »Geben Sie mal das Glas her! Jawohl, das ist Case und der Nigger. Sie haben einen galgenmäßig schlechten Ruf, aber Sie wissen ja, was am Strand geklatscht wird. Ich glaube, Pfeifer-Jimmie war der schlimmste von der Bande; na, und der ist nun auch im Himmel. Was wollen Sie wetten – die sind auf Gin aus? Ich wette fünf gegen zwei, sie nehmen sechs Kisten.«

Als die beiden Händler an Bord kamen, gefielen sie mir sofort alle beide, oder besser gesagt: gut aussehend fand ich sie beide und hören tat ich den einen gern. Ich war ganz krank vor Sehnsucht nach weißen Nachbarn, nachdem ich meine vier Jahre unter dem Äquator abgemacht hatte, die ich immer als Gefängnisjahre rechnete: immerzu unter Tabu kommen und dann nach dem Beratungshaus gehen und sehen, daß es wieder von mir abgenommen wurde; Gin kaufen und mich lustig machen und dann einen Katzenjammer haben und bereuen; nachts zu Hause sitzen und bloß meine Lampe, mit der ich mir was erzählen konnte; oder am Strand 'rumlaufen und mich über mich selbst wundern, was für ein Narr ich war, daß ich da blieb. Andere Weiße waren nicht auf meiner Insel, und wenn ich nach der nächsten hinübersegelte, war die Gesellschaft da eine rüde Bande. Na, da war's denn wirklich eine Lust, diese beiden zu sehen, als sie an Bord kamen. Der eine war ja allerdings ein Neger; aber sie waren beide höllisch flott angezogen, in gestreiften Pyjamas und Strohhüten, und Case hätte in einer Großstadt für ein Muster von Eleganz gegolten. Er war gelb im Gesicht und nur klein, hatte eine Habichtsnase, blaßgraue Augen, und den Bart hatte er mit der Schere gestutzt. Kein Mensch wußte, woher er war, bloß, daß er von Kind auf Englisch sprach, und soviel war klar: Er war aus guter Familie und glänzend erzogen. Auch sonst war er gebildet, spielte großartig Handharmonika, und gab man ihm ein Stück Bindfaden oder einen Pfropfen oder ein Spiel Karten, so konnte er Kunststücke machen wie ein gelernter Taschenspieler. Sprechen konnte er, wenn er wollte, wie im feinsten Salon. Und wenn er wollte, konnte er schlimmer fluchen als ein Yankee-Bootsmann; und plappern konnte er, daß einem Kanaken schlecht dabei werden konnte. Wie er dachte, daß es sich für den Augenblick gerade am besten paßte, so ging dem Case das Mundwerk, und dabei kam es immer ganz natürlich heraus und stand ihm, wie wenn's ihm angeboren wäre. Mut hatte er wie 'n Löwe und schlau war er wie 'ne Ratte; und wenn er heute nicht in der Hölle ist, dann gibt's keinen solchen Ort. Ich weiß bloß *ein* Gutes an dem Mann: Er hatte sein Weib lieb und war freundlich zu ihr. Sie war eine Samoanerin und färbte ihr Haar rot, wie es auf Samoa Mode ist; und als er zu sterben kam – wie ich zu erzählen haben werde –, da fanden sie etwas Merkwürdiges: nämlich, daß er ein Testament gemacht hatte wie 'n Christenmensch, und seine Witwe kriegte den ganzen Kram: alles, was sein war, sagte man, und alles, was dem Schwarzen Jack gehörte und das meiste von Billy Randalls Hab und Gut obendrein, denn Case hatte die Bücher geführt. So fuhr sie denn nach Hause in dem Schoner Manu'a und spielt die feine Dame m ihrem Dorf bis auf den heutigen Tag.

Aber von alledem wußte ich an diesem ersten Morgen nicht mehr als eine Fliege. Case behandelte mich als Gentleman und als Freund, hieß mich auf Falesa willkommen und stellte mir seine Dienste zur Verfügung, was mir um so mehr erwünscht war, da ich die Sprache auf der Insel nicht kannte. Den ganzen besseren Teil des Tages saßen wir in der Kajüte und tranken auf gute Bekanntschaft, und niemals hörte ich einen Mann verständiger sprechen. Es gab auf den ganzen Inseln keinen gerisseneren Händler und keinen größeren Schwindler. Mir deuchte, Falesa wäre gerade das Richtige für mich; und je mehr ich trank, desto leichter wurde mir ums Herz. Unser letzter Vertreter war plötzlich ausgerückt, war als Passagier auf ein Schiff gegangen, das zufällig von Westen her vorbeisegelte. Als unser Kapitän kam, fand er das Stationshaus verschlossen, die Schlüssel bei dem Kanakenpastor und dabei einen Brief von dem Durchbrenner, der schrieb, er hätte aus Angst um sein Leben nicht mehr aufhalten können. Seitdem war unsere Firma nicht mehr vertreten gewesen, und so gab es natürlich diesmal keine Ladung mitzunehmen. Übrigens war der Wind gut, der Kapitän hoffte, er könnte bis zur Morgendämmerung mit der Flut nach seiner nächsten Insel kommen, und mit dem Anlandschaffen meiner Waren ging es flott. Damit brauchte ich mich nicht abzuquälen, sagte Case; niemand würde meine Sachen anrühren, auf Falesa wären lauter ehrliche Leute, abgesehen davon, daß mal Hühner gestohlen würden oder ein Messer, das irgendwo herumläge, oder eine Rolle Tabak; und das Beste, was ich tun könnte, wäre ruhig sitzen zu bleiben, bis das Schiff absegelte, dann stracks mit ihm nach seinem Haus zu gehen, den alten Kapitän Randall zu begrüßen, den ›Strandvater‹, bei ihm einen Happen zu essen und dann nach Hause zu gehen und zu schlafen, wenn's dunkel würde. So war's voller Mittag, und der Schoner war schon wieder unter Segel, als ich meinen Fuß auf den Strand von Falesa setzte.

Ich hatte an Bord ein Glas getrunken oder auch ein paar; ich hatte eine lange Seefahrt hinter mir, und der Boden schwankte unter mir wie ein Schiffsdeck. Die Welt war mir, wie wenn sie frisch bemalt wäre; meine Füße tanzten wie nach Musik; Falesa kam mir vor wie Fiddlers Green, wenn es so einen Ort gibt – und wenn es keinen gäbe, so war's schade drum! Es tat gut, über das Gras zu gehen, nach den grünen Bergen hinaufzuschauen, die Männer zu sehen mit ihren grünen Kränzen und die Weiber in ihren bunten Kleidern, rot und blau. So gingen wir, in der heißen Sonne und im kühlen Schatten, und beide waren angenehm; und alle Kinder im Dorf trabten hinter uns her mit ihren glattgeschorenen Köpfen und ihren braunen Leibern und schrien ein dünnes Hurra hinter uns her wie krähende junge Hähnchen.

»Übrigens«, sagte Case, »wir müssen Ihnen eine Frau besorgen.«

»Richtig!« sagte ich. »Das hatte ich vergessen.«

Da war ein Haufen Mädchen um uns herum, und ich reckte mich auf und sah sie mir an wie ein Pascha. Sie waren alle fein herausgeputzt, weil das Schiff gekommen war; und die Weiber von Falesa sind eine hübsche Gesellschaft. Wenn sie einen Fehler haben, so ist es der, daß sie ein bißchen breit übers Hintergestell sind; darüber dachte ich gerade nach, da stieß Case mich an und sagte:

»Das ist was Hübsches.«

Ich sah eine, die ganz allein herankam. Sie war fischen gewesen; alles, was sie auf dem Leibe trug, war ein Hemd, und das war klatschnaß. Sie war jung und sehr schlank für eine Insulanerin, mit einem langen Gesicht, einer hohen Stirn und einem seltsamen, scheuen, blinzelnden Blick, der was von 'ner Katze und 'nem kleinen Kind hatte.

»Wer ist die?« fragte ich. »Die paßt mir.«

»Das ist Uma«, sagte Case, und er rief sie heran und sprach in der Mundart mit ihr. Ich verstand nicht, was er sagte; aber mitten in seiner Rede sah sie mich schnell und schüchtern an, wie ein Kind, das Angst hat, man werde es schlagen; dann sah sie wieder zu Boden, und plötzlich lächelte sie. Sie hatte einen schönen großen Mund; ihre Lippen und ihr Kinn waren wie gemeißelt, wie von der schönsten Statue; und das Lächeln zuckte bloß einen Augenblick auf und war wieder fort. Dann stand sie mit gesenktem Haupt und hörte Case an, bis er fertig war, antwortete ihm mit der hübschen Stimme der Polynesier, sah ihm voll ins Gesicht, hörte seine Antwort an, machte einen Knicks und lief davon. Ein bißchen von ihrer

Verbeugung kriegte ich auch ab, aber keinen Blick mehr aus ihrem Auge, und von Lächeln war nicht mehr die Rede.

»Ich denke, 's ist alles in Ordnung«, sagte Case, »ich denke, Sie können sie haben. Ich will es mit der alten Dame in Richtigkeit bringen. Sie können sich ja eine aussuchen für eine Rolle Tabak!« setzte er mit einem Grinsen hinzu.

Ich vermute, das Lächeln des Mädchens war mir im Gedächtnis geblieben; denn ich antwortete ihm ziemlich scharf: »Sie sieht nicht so aus, wie wenn sie von der Sorte wäre.«

»Ich weiß auch nicht, ob sie's ist. Ich glaube, es ist gegen sie nichts zu sagen. Sie hält sich für sich allein, strolcht nicht mit den jungen Leuten herum und so. O nein – verstehen Sie mich nicht falsch – an Uma ist nicht zu tippen.«

Mir kam vor, wie wenn er eifrig würde, als er sprach, und das überraschte mich und gefiel mir.

»Ich wäre nämlich sonst nicht so sicher, daß Sie sie kriegen können«, fuhr er fort, »aber ich habe gemerkt, Ihr Gesicht hat ihr gefallen. Sie haben weiter gar nichts zu tun, als daß Sie sich zurückhalten und mich auf meine Art die Sache mit der Mutter abmachen lassen; ich bringe dann das Mädel mit zum Kapitän wegen der Heirat.«

Das Wort Heirat gefiel mir nicht, und ich sagte ihm das.

»Oh, an *der* Heirat brauchen Sie sich nicht zu stoßen. Der Schwarze Jack ist der Kaplan.«

Unterdessen waren wir bei dem Hause der drei Weißen angekommen; denn ein Neger wird als Weißer gerechnet, ein Chinese übrigens auch! Eine merkwürdige Auffassung, aber auf den Inseln überall im Schwange. Es war ein Holzhaus mit einer Veranda davor. Vorn war der Kaufladen mit einem Ladentisch, einer Waagschale und einem recht erbärmlichen Vorrat von Waren: eine Kiste Konservendosen oder zwei, ein Faß Schiffszwieback, ein paar Bolzen Kattun, der mit meinem gar nicht zu vergleichen war. Gut versehen war der Laden nur mit der Schmuggelware: Feuerwaffen und Schnaps.

»Wenn das meine ganze Konkurrenz ist«, dachte ich bei mir selber, »sollte ich in Falesa gute Geschäfte machen.«

Sie konnten mich nämlich bloß in *einer* Weise ausstechen: mit den Flinten und dem Schnaps.

Im Hinterzimmer saß der alte Kapitän Randall; wie ein Eingeborener hockte er mit gekreuzten Beinen auf dem Boden, fett und blaß, bis zum Gürtel nackt, grau wie ein Dachs, und die Augen ganz geschwollen vom Trinken. Sein Leib war mit dichtem grauem Haar bedeckt, und unzählige Fliegen krabbelten auf ihm herum; eine saß im Winkel seines Auges – er kümmerte sich nicht um sie; und die Moskitos summten um den Mann herum wie Bienen. Jeder reinlichkeitsliebende Mensch hätte das Geschöpf sofort hinausbefördert und begraben. Wie ich ihn so sah und dran denken mußte, daß er siebzig Jahre alt war und früher ein Schiff befehligt hatte und in seinen feinen Kleidern an Land gekommen war und in Schenken und Konsulaten das große Wort geführt hatte und auf Klubhaus-Veranden gesessen hatte, da wurde mir ganz übel und ich war sofort nüchtern.

Er versuchte aufzustehen, als ich hineinkam, aber seine Bemühung war hoffnungslos; er reichte mir also bloß die Hand und stotterte irgendeine Begrüßung hervor.

»Papa ist heute morgen hübsch voll«, bemerkte Case. »Wir haben eine Epidemie hier gehabt, und Kapitän Randall nimmt Gin als Prophylaktikum – nicht wahr, Papa? So ist es doch?«

»Nie in meinem Leben hab' ich so was genommen!« rief der Kapitän entrüstet. »Gin nehme ich für meine Gesundheit, Herr Soundso – 's ist eine Vorsichtsmaßregel.«

»Schon gut, Papa!« sagte Case. »Aber du wirst dich zusammenrappeln müssen. Hier soll 'ne Hochzeit sein – Herr Wiltshire hier wird verheiratet.«

Der alte Mann fragte: »Mit wem?«

»Mit Uma.«

»Uma!« rief der Kapitän. »Wozu braucht er Uma? Ist er nicht seiner Gesundheit wegen hergekommen? Was zum Teufel braucht er Uma?«

»Man sachte, Papa!« sagte Case. »*Du* sollst sie ja nicht heiraten. Ich denke, du bist ja nicht ihr Pate und ihre Patin. Ich denke, Herr Wiltshire tut, wozu er Lust hat.«

Hierauf entschuldigte er sich bei mir, er müsse wegen der Heirat ausgehen, und ließ mich allein mit dem armen Kerl, der sein Teilhaber und – um die Wahrheit zu sagen – sein Opfer war. Geschäft und Haus gehörten Randall, Case und der Nigger waren Schmarotzer: Sie krabbelten auf ihm herum wie die Fliegen und mästeten sich an ihm; und er merkte nichts davon. Ich kann Billy Randall wirklich nichts nachsagen, als daß sein Anblick mir Übelkeit verursachte; aber die ganze Zeit, die ich an dem Tag in seiner Gesellschaft verbringen mußte, war mir schlecht zumute.

Im Zimmer war es zum Ersticken heiß; dazu die Fliegen! Das Haus war schmutzig, eng und niedrig und stand an einem üblen Platz, hinter dem Dorf, dicht am Busch, und der Seewind konnte nicht heran. Die Betten der drei Männer waren auf den Dielen gemacht, mitten in einem Haufen von Pfannen und Schüsseln. Möbel waren nicht vorhanden; denn wenn Randall seine Wutanfälle kriegte, schlug und riß er alles kurz und klein. Da saß ich nun und aß etwas, das uns von Cases Frau aufgetischt wurde, und den ganzen Tag unterhielt mich die Ruine von einem Mann mit abgedroschenen alten Witzen und endlosen alten Geschichten, zu denen er fortwährend selber lachte, bis mir ganz jämmerlich zumute wurde. Dabei nippte er in einem fort an seinem Gin. Ab und zu schlief er ein, und dann wachte er wieder auf, winselte und schlotterte an allen Gliedern, und immer wieder fragte er mich, warum ich denn die Uma heiraten wollte.

»Freundchen«, sagte ich den ganzen Tag zu mir selber, »so ein alter Herr wie der darfst du nicht werden.«

Es mochte etwa vier Uhr nachmittags sein, da ging die Hintertür langsam auf, und eine seltsame alte Eingeborene kroch beinahe auf dem Bauch ins Haus herein. Sie war in ein schwarzes Zeug eingewickelt, das beinahe bis auf die Füße ging; ihre grauen Haare hingen ihr in Zotteln um den Kopf; ihr Gesicht war tätowiert, was auf der Insel sonst nicht üblich war; ihre großen Augen funkelten und blickten irr. Sie heftete sie mit einem Ausdruck auf mich, dem ich anmerkte, daß sie Komödie spielte. Sie sprach keine deutlichen

Worte, sondern murmelte und schmatzte mit den Lippen und summte laut vor sich hin wie ein Kind über seinem Weihnachtskuchen. Sie ging durch das Zimmer gerade auf mich zu, und sobald sie bei mir war, ergriff sie meine Hand und schnurrte und spann wie eine große Katze. Dann brach sie in eine Art von Gesang aus.

»Wer zum Teufel ist das?« rief ich; denn mir wurde sonderbar dabei zumute.

»'s ist Fa'avao«, sagte Randall, und ich sah, daß er auf dem Fußboden bis in die entfernteste Ecke gerutscht war.

»Sie haben doch keine Angst vor ihr?« rief ich.

»Ich, Angst!« schrie der Kapitän. »Mein lieber Freund, sie soll nur kommen! Ich lasse sie aber nicht zu mir hereinkommen; bloß heute, da wird es wohl was anderes sein – wegen der Heirat, 's ist Umas Mutter.«

»Na, meinetwegen soll sie's sein; was hat sie hier zu plappern?« fragte ich, ärgerlicher und vielleicht furchtsamer, als ich mir anmerken lassen wollte; und der Kapitän sagte mir, sie sänge einen Haufen Verse zu meinem Preis, weil ich Uma heiraten wollte.

»Na schön, alte Dame!« sagte ich mit einem ziemlich verunglückten Lachen. »Sehr verbunden! Aber wenn Sie meine Hand nicht mehr brauchen, können Sie's mir sagen.«

Sie tat, wie wenn sie mich verstände; der Gesang erhob sich zu einem lauten Schrei, und dann war's aus. Das Weib kroch zum Haus hinaus in derselben Weise, wie es hereingekommen war; und dann muß sie mit einem Satz in den Busch gesprungen sein, denn als ich ihr an die Tür nachging, war sie bereits verschwunden.

»Das sind ja närrische Manieren!« sagte ich.

»'s ist 'ne närrische Bande«, sagte der Kapitän und machte dabei zu meiner Überraschung das Zeichen des Kreuzes auf seine nackte Brust.

»Hallo!« rief ich. »Sind Sie Papist?«

Diesen Gedanken wies er mit Verachtung von sich: »Durch und durch Baptist! Aber, mein lieber Freund, die Papisten haben auch ein paar gute Ideen; und das ist eine davon. Lassen Sie sich von mir raten: Wenn Sie Uma begegnen oder Fa'avao oder Vigours oder sonst einem von der Bande, dann machen Sie's den Pfaffen nach, und tun Sie, was ich tu'. Verstanden?« sagte er, wiederholte das Zeichen und blinzelte mich mit seinen blöden Augen an.

»Nee, Herr!« brach er wieder los. »Nichts von Papisten hier!« Und dann unterhielt er mich lange mit seinen religiösen Ansichten.

Uma muß es mir von Anfang an angetan haben, sonst wäre ich sicherlich aus diesem Hause gelaufen und hätte die reine Luft und die reine See aufgesucht oder auch nur ein reines Bächlein – trotz meiner Verabredung mit Case. Übrigens hätte ich auf der Insel keinem Menschen mehr ins Gesicht sehen können, wenn ich am Hochzeitstage einem Mädchen davongelaufen wäre.

Die Sonne war untergegangen, der ganze Himmel stand in Feuer, und die Lampe brannte schon seit einiger Zeit, als Case mit Uma und dem Neger nach Hause kam. Sie war geputzt und mit duftenden Salben eingerieben; ihr Hüftenkleid war aus schöner Tapa, deren Falten wie die herrlichste Seide glänzten; ihre Brüste, die braun wie dunkler Honig waren, trug sie bloß, nur mit einem halben Dutzend Schnüren von bunten Bohnen und Blumen; hinter ihren Ohren und in ihrem Haar trug sie die scharlachroten Blüten des Hibiskus. Sie benahm sich ganz und gar wie eine Braut: ernst und still; und ich schämte mich, wie ich Hand in Hand mit ihr in dieser gemeinen Spelunke und vor dem grinsenden Neger stand. Ich schämte mich, sage ich, denn der Possenreißer hatte sich mit einem großen Papierkragen ausstaffiert; das Buch, aus dem er scheinbar seine Sprüche las, war ein Romanband, und seine geistlichen Worte waren so gemein, daß ich sie nicht wiederholen mag. Ich fühlte einen Stich in meinem Gewissen, als wir unsere Hände ineinander legten; und als sie ihren Trauschein bekam, hatte ich Lust, dem Handel ein Ende zu machen und ihr die Wahrheit zu gestehen. Hier ist das Dokument. Case schrieb es, mit Unterschriften und allem, auf ein Blatt, das er aus seinem Kassenbuch ausgerissen hatte:

Hiermit wird bescheinigt, daß Uma, Tochter der Fa'avao in Falesa, auf der Insel –, ungesetzlich verheiratet ist mit Herrn John Wiltshire, für eine Woche, und Herr John Wiltshire hat das Recht, sie zum Teufel zu schicken, sobald er Lust hat.

John Blackamoar, Schiffskaplan.

Aus dem Register ausgezogen von William T. Randall, Marinemeister.

Ein schöner Streich, ein solches Papier einem Mädchen in die Hand zu geben und zu sehen, wie sie es einsteckt, als ob es kostbares Gold sei! Ein Mann kann sich wohl wegen geringerer Dinge schämen! Aber es war in der Gegend so Sitte und – so sagte ich mir selber zur Entschuldigung – durchaus nicht die Schuld von uns Weißen, sondern von den Missionaren. Hätten sie die Eingeborenen in Ruhe gelassen, so würde ich solchen Betrug niemals nötig gehabt haben, sondern ich hätte mir so viele Weiber nehmen können, wie ich gewollt hätte und hätte sie fortgeschickt, sooft es mir beliebt hätte, und dabei ein reines Gewissen gehabt.

Je mehr ich mich schämte, desto eiliger hatte ich es, fortzukommen; und da die Händler denselben Wunsch hatten, so achtete ich nicht sehr auf eine Veränderung in ihrem Benehmen. Case war voll Eifers gewesen, mich in seinem Haus zu behalten; jetzt schien er ebenso eifrig zu sein, daß ich nur fortginge, wie wenn er einen Zweck erreicht hätte. Uma, sagte er, könnte mir den Weg nach meinem Hause zeigen, und die drei verabschiedeten sich von uns drinnen im Zimmer.

Die Nacht war beinahe schon angebrochen; das Dorf duftete von Bäumen und Blumen, man roch die salzige Seeluft und die Brotfrucht in den Kochtöpfen. Vom Riff her kam ein schönes Brausen der Brandung, und aus der Ferne, aus Wäldern und Häusern, erklangen angenehme Stimmen von Männern und Frauen und Kindern. Es tat mir wohl, freie Luft zu atmen; es tat mir wohl, mit dem Kapitän fertig zu sein und statt seiner das Geschöpf an meiner Seite zu sehen. Mir war zumute, als wäre sie ein Mädel daheim im alten Lande; ich vergaß mich einen Augenblick, nahm ihre Hand in die meinige und ging so weiter. Ihre Finger verschlangen sich mit den meinen, ich hörte sie tief und schnell atmen, und plötzlich führte sie meine Hand an ihr Gesicht empor und preßte es dagegen. »Ihr gut!« rief sie, und dann lief sie voraus und stand still und sah sich um und lächelte und lief dann wieder voraus; und so führte sie mich durch den Rand des Waldes auf einem stillen Pfad nach meinem Haus.

Der wahre Grund dafür war der, daß Case als Freiwerber für mich ganz großartig aufgetreten war – er hatte ihr gesagt, ich sei ganz verrückt nach ihr, und es käme mir gar nicht darauf an, was danach käme. Und das arme Ding, obwohl es wußte, was mir noch unbekannt war, glaubte daran, glaubte jedes Wort, und ihr war beinah der Kopf verdreht vor Eitelkeit und Dankbarkeit. Nun, von alledem hatte ich keine Ahnung. Gerade ich war ein Feind von all dem Unsinn, der wegen eingeborener Weiber gemacht wird; denn ich hatte gesehen, wie so mancher Weiße von den Verwandten seines Weibes aufgefressen wurde, ich meine sein Hab und Gut, und wie sie sich dabei noch über ihn lustig machten; und ich sagte zu mir selber: »Da muß ich ihr sofort zeigen, wer ich bin, und muß sie zur Vernunft bringen.« Aber sie sah so drollig und so hübsch aus, wie sie so voraus lief und dann auf mich wartete, und sie machte es so wie ein Kind oder wie ein spielender junger Hund, daß ich nichts Besseres tun konnte, als ihr einfach nachzugehen, auf die Tritte ihrer nackten Füße zu lauschen und durch die Dämmerung nach ihrer schönen Gestalt zu spähen. Und dann schoß mir noch ein anderer Gedanke durch den Kopf: Jetzt, da wir allein waren, spielte sie das Kätzchen mit mir; aber im Hause hatte sie eine Haltung gehabt, wie eine Gräfin sie nur haben könnte – so stolz und so bescheiden. Und dann ihr Anzug – so wenig sie auch anhatte und noch dazu kanakisch genug –, ihre schöne Tapa und die schönen Wohlgerüche und ihre roten Blumen und die Schmuckbohnen, die so glänzend waren wie Juwelen, nur viel größer –, ja, da war's mir so, als sei sie wirklich eine Art von Gräfin im Gesellschaftsanzug, um große Sänger in einem Konzert anzuhören, und keine Frau für einen armen Händler wie mich.

Sie war die erste im Hause; und als ich noch draußen war, sah ich ein Zündholz aufflammen, und Lampenlicht schien durch die Fensterscheiben. Das Stationsgebäude war ein wunderschönes Haus, aus Korallen erbaut, mit einer herrlichen, breiten Veranda, und der Hauptraum war hoch und geräumig. Meine Kisten und Kästen waren übereinander getürmt, kunterbunt durcheinander; und da, in all dem Wirrwarr, stand Uma am Tisch und wartete auf mich. Ihr Schatten ging bis zur Wölbung des Wellblechdachs hinauf; sie aber stand im Hellen, und das Lampenlicht glänzte auf ihrer Haut. Ich blieb in der Tür stehen, und sie sah mich an, ohne ein Wort zu sprechen, mit Augen, die lebhaft und doch sanft blickten. Dann berührte sie mit ihrem Finger ihre Brust und sagte:

»Ich Eure Frau.«

So hatte es mich noch niemals gepackt; das Verlangen nach ihr ergriff und schüttelte mich, wie der Wind ein Segel.

Ich konnte nicht sprechen, selbst wenn ich es gewollt hätte; und wenn ich's gekonnt hätte, so hätte ich nicht gewollt. Ich schämte mich, daß ich mich wegen einer Wilden so aufregte; ich schämte mich auch wegen der Heirat und wegen des Trauscheins, den sie wie einen Schatz in ihrem Leibschurz geborgen hatte; und ich drehte mich um und tat, wie wenn ich unter meinen Kisten herumkramte. Das erste, was mir in die Hand kam, war eine Kiste mit Gin – die einzige, die ich mitgebracht hatte; und zum Teil um des Mädchens willen, zum Teil aus Abscheu bei der Erinnerung an den alten Randall faßte ich plötzlich einen Entschluß. Ich schlug den Deckel zurück. Eine nach der ändern öffnete ich die Flaschen mit einem Taschenkorkzieher und schickte Uma hinaus, um das Zeug über das Verandageländer auszuschütten.

Nach der letzten kam sie wieder herein und sah mich an, wie wenn sie nicht wüßte, was sie denken sollte.

»Nicht gut!« sagte ich, denn ich hatte jetzt meine Sprache wiedergefunden. »Mensch trinkt, er nicht gut.«

Hierin gab sie mir recht, aber sie blieb nachdenklich, und plötzlich fragte sie:

»Warum Ihr bringen ihn? Wenn nicht brauchen trinken, Ihr nicht bringen ihn, ich denke.«

»Schon recht. Manchmal ich möchte zu viel trinken; jetzt nicht brauche. Siehst du, ich nicht wußte, ich kriege kleine Frau. Wenn ich trinke Gin, meine kleine Frau hat Angst.«

Daß ich so freundlich zu ihr sprach, war mehr, als ich eigentlich wollte; ich hatte mir geschworen, mich niemals auf eine Schwachheit mit einer Eingeborenen einzulassen; aber ich konnte nichts anderes machen, als überhaupt nichts mehr sagen.

Sie sah mit ernstem Blick auf mich nieder, während ich neben der leeren Kiste saß.

»Ich denke, Ihr gut Mann.« Und plötzlich war sie vor mir niedergefallen und rief:

»Ich Euer eigen wie Schwein!«[1]

---

[1] Der Vergleich erscheint uns etwas seltsam; wir würden vielleicht erwarten: wie ein Hund. Da aber das Schwein das wertvollste Haustier der Polynesier ist, so ist Umas Gedankengang und Sprechweise ganz in der Ordnung.

Der Bann

Ich kam am andern Morgen auf die Veranda, gerade bevor die Sonne aufging. Mein Haus war das letzte nach Osten zu; hinter ihm war ein bewaldetes felsiges Vorgebirge, das die aufgehende Sonne verhüllte. Nach Westen zu strömte ein schneller kalter Fluß, und hinter diesem war das Grün des Dorfes mit Gruppen von Kokospalmen und Brotbäumen und Häusern. Bei einigen von diesen waren die Läden geschlossen, bei anderen standen sie offen; ich sah die Moskitonetze noch ausgespannt und in deren Innern Schatten von Menschen, die eben aufgewacht waren und sich aufgerichtet hatten; und überall im Grünen gingen andere Menschen schweigend umher, in ihre bunten Schlafdecken gehüllt, wie Beduinen auf biblischen Bildern. Es war totenstill und feierlich kühl, und das Licht der Morgenfrühe auf der Lagune war wie ein Feuerschein.

Aber das, was mich beunruhigte, war näher bei mir. Ein paar Dutzend junge Männer und Kinder standen in einer Art von Halbkreis um mein Haus herum; der Fluß trennte sie, einige waren diesseits, andere am jenseitigen Ufer, und einer hockte auf einem Felsblock mitten im Wasser; und sie alle saßen stumm, in ihre Decken eingewickelt, und starrten auf mich und mein Haus unverwandt wie Vorstehhunde. Es kam mir sonderbar vor, als ich ausging. Als ich gebadet hatte und wieder zurückkam und sie alle noch dort fand und noch zwei, drei neue obendrein, da kam es mir noch sonderbarer vor. Ich dachte verwundert bei mir selber, was sie wohl an meinem Hause zu sehen haben könnten, daß sie es so anstarrten, und damit ging ich hinein.

Aber der Gedanke an dieses Anstarren kam mir nicht aus dem Sinn, und gleich darauf ging ich wieder hinaus. Die Sonne war jetzt aufgegangen, aber sie war noch hinter dem waldigen Vorgebirge. Es mochte vielleicht eine Viertelstunde vergangen sein. Die Menge hatte sich stark vermehrt; das jenseitige Flußufer war eine ganze Strecke breit dicht mit Menschen besetzt – es waren vielleicht dreißig Erwachsene und doppelt soviel Kinder; einige standen, andere hockten auf der Erde, und alle starrten mein Haus an. Ich hatte einmal ein Haus in einem Südseedorf so umringt gesehen; aber da prügelte ein Händler sein Weib, und sie schrie laut. Hier war nichts dergleichen: Das Feuer auf dem Herde brannte, und der Rauch stieg friedlich in die Höhe; alles war in guter Ordnung, wie auf einem Schiff oder in Bristol. Allerdings war ja ein Fremder angekommen, aber sie hatten gestern Gelegenheit gehabt, diesen Fremden zu sehen und hatten sich bei seinem Anblick nicht aufgeregt. Was hatten sie denn jetzt? Ich stützte meine Arme auf das Geländer und spähte hinüber. Irgendein Teufelskram ging da unter ihnen vor! Ab und zu konnte ich die Kinder schwatzen sehen, aber sie sprachen so leise, daß ich nicht einmal das Summen ihres Sprechens hörte. Die übrigen waren unbeweglich wie Bilder: Stumm und ernst starrten sie mich an mit ihren glänzenden Augen; und mir kam der Gedanke, es würde nicht viel anders sein, wenn ich unter einem Galgen stände und die guten Leutchen wären gekommen, mich hängen zu sehen.

Ich fühlte, wie mir der Mut sank, und begann zu fürchten, man könnte mir das ansehen, und das durfte um keinen Preis sein. So sprang ich auf, tat, wie wenn ich mich streckte, ging die Verandatreppe hinunter und schlenderte auf den Fluß zu.

Ein kurzes Summen ging von einem zum andern – wie man's im Theater hört, wenn der Vorhang aufgeht; und einige von denen, die am nächsten standen, traten etwas zurück, vielleicht um einen Schritt. Ich sah, wie ein Mädchen die eine Hand einem jungen Mann auf die Schulter legte und mit der andern aufwärts deutete; gleichzeitig sagte sie mit keuchender Stimme etwas auf kanakisch. Drei kleine Knaben saßen neben dem Fußsteig, auf dem ich in einer Entfernung von drei Fuß an ihnen vorbeikommen mußte. In ihre Decken eingewickelt, mit ihren rasierten Schädeln und den kleinen Kopfschleifen darauf und mit ihren komischen Gesichtern sahen sie aus wie Porzellanfiguren auf einem Kaminsims. Eine Weile blieben sie sitzen, feierlich wie Richter. Ich kam mit rüstigem Schritt, so fünf Meilen in der Stunde, wie ein Mann, der es eilig hat; und es schien mir, wie wenn ich in den drei Gesichtern ein Zucken sähe. Dann sprang einer auf – es war der, der am weitesten weg saß – und rannte zu seiner Mutti. Die beiden andern, die ihm nachlaufen wollten, stolperten, purzelten zu Boden, zappelten sich aus ihren Decken heraus, daß sie splitternackt waren, und im Nu rannten sie alle drei davon; wie wenn's ihr Leben gälte, und quiekten dabei wie Ferkel. Die Kanaken, die sich niemals einen Spaß entgehen lassen, war's auch bei einem Begräbnis, lachten laut auf – ein kurzes Lachen, wie ein Hundeblaff.

Man sagt, der Mensch kriegt Angst, weil er allein ist. Unsinn! Was ihm Angst macht im Dunkeln oder im dichten Busch, ist, daß er nicht weiß, was los ist, und daß vielleicht eine ganze Armee in seiner unmittelbaren Nähe ist. Die ärgste Angst aber hat er, wenn er mitten in einem Menschenhaufen ist und keine Ahnung hat, was alle die Leute wollen. Als das Lachen plötzlich abbrach, blieb auch ich stehen. Die Jungen waren noch nicht bei ihren Leuten und galoppierten noch davon, da hatte ich mich schon umgedreht und segelte wieder zurück. Wie ein Narr war ich hinausgerannt, im Tempo von fünf Meilen in der Stunde; wie ein Narr ging ich wieder zurück. Es muß höchst lächerlich ausgesehen haben. Was mich aber geradezu verblüffte, war, daß diesmal kein Mensch lachte. Nur ein altes Weib stieß eine Art von frommem Stöhnen aus, wie sie es wohl von Erweckten gehört haben bei der Predigt in ihren Kapellen.

»Niemals sah ich solche albernen Kanaken wie diese hier«, sagte ich zu Uma, die vom Fenster aus auf die Gaffer sah.

»Weiß nichts von«, sagte Uma und schnitt dazu ein Gesicht, wie wenn die Leute sie anekelten.

Und das war alles, was wir über die Sache miteinander sprachen; denn ich war ratlos, und Uma fand es offenbar selbstverständlich, so daß ich mich beinahe schämte.

Den ganzen Tag über saßen die dummen Menschen am Westende meines Hauses und jenseits des Flusses; bald waren es weniger, bald mehr, aber den ganzen Tag lagen und standen sie und warteten auf irgend etwas; was das nun sein sollte, wußte ich nicht – wahrscheinlich auf Feuer, das vom Himmel fallen und mich mit Haut und Haaren und allen meinen Sachen verzehren sollte. Aber als der Abend kam, da war ihnen als richtigen Insulanern die Sache langweilig geworden, und sie gingen weg und tanzten im Gemeindehaus, und ich hörte sie singen und in die Hände klatschen bis vielleicht zehn Uhr nachts, und am nächsten Tage schienen sie rein vergessen zu haben, daß ich überhaupt vorhanden war. Wäre jetzt Feuer vom Himmel herabgefallen oder hätte die Erde sich aufgetan und mich verschlungen, so wäre kein Mensch dagewesen, den Spaß mitanzusehen oder die göttliche Lehre zu beherzigen oder wie man's nennen will. Ich sollte aber noch merken, daß sie mich nicht vergessen hatten und beständig danach ausspähten, ob mir nicht etwas zustieße.

Ich war die beiden ersten Tage hart an der Arbeit, meine Waren in Ordnung zu bringen und den von Vigours hinterlassenen Bestand aufzunehmen. Dabei wurde ich halb krank vor Ärger und konnte nicht viel an anderes denken. Ben hatte die Vorräte erst beim vorigen Anlegen des Schoners eingenommen; ich wußte, ich konnte Ben trauen, aber es war klar, daß irgend jemand in der Zwischenzeit unter den Waren aufgeräumt hatte. Ich fand, daß ein Wert fehlte, der mich mindestens sechs Monate von meinem Gehalt und Gewinnanteil kosten konnte, und ich hätte mich ohrfeigen mögen, daß ich so ein verdammter Esel gewesen war und mit diesem Case geschwätzt hatte, statt mich um meine Sachen zu kümmern und den Bestand aufzunehmen.

Na, es hat ja keinen Zweck, über verschüttete Milch zu jammern. Es war nun einmal geschehen und konnte nicht ungeschehen gemacht werden. Ich konnte nichts weiter tun, als das, was übriggeblieben war, in Ordnung zu bringen, meine neuen Waren, die ich selber ausgewählt und mitgebracht hatte, richtig aufzustapeln, das Haus von Ratten und Kellerasseln zu säubern und meinen Laden im richtigen Sydneystil zurechtzumachen. Bildschön sah er aus; und als ich am dritten Morgen meine Pfeife angezündet hatte, in der offenen Tür stand und mir meinen Laden ansah, mich dann umdrehte und nach den Bergen hinaussah, wo die Kokospalmen sich wiegten, an denen viele Tonnen Kopra hingen, dann auf die Dorfwiese blickte und die Kanakenstutzer sah und mir die Ellen Kattun berechnete, die sie für ihre Leibschürzen und Kleider brauchen würden – da hatte ich das Gefühl, ich sei am rechten Ort, um mir ein Vermögen zu machen und damit nach Hause zu gehen und eine Kneipe aufzumachen. Hier saß ich nun auf meiner Veranda, in einer Landschaft so schön, wie man sie sich nur denken kann, in der leuchtenden Sonne und mit einem schönen, gesunden Beruf, der einem Mann das Blut erfrischt wie ein Bad in der See. Und dann vergaß ich alles um mich herum und träumte von England, das eigentlich ein ekliges, kaltes, dreckiges Nest ist, wo man nicht genug Licht hat, um dabei zu lesen; und ich träumte, wie meine Kneipe aussehen würde, an der Ecke einer breiten Straße, und von meinem Wirtshausschild, das ich an einen grünen Baum angenagelt hätte.

So war's am Morgen; aber der Tag verging, und kein Mensch, der Teufel sollt' es holen, sprach bei mir vor, und nach allem, was ich von den Eingeborenen auf anderen Inseln wußte, kam mir das sonderbar vor. Die Leute draußen hatten sich schon ein bißchen lustig gemacht über unsere Firma und ihre schönen Stationshäuser und über diese Station Falesa im besonderen; die ganze Kopra im Bezirk könnte in fünfzig Jahren – so hatte ich sie sagen hören – die Kosten nicht einbringen, was mir eine Übertreibung schien. Als aber der Tag hinging und überhaupt nichts zu tun war, da begann ich niedergeschlagen zu werden; und gegen drei Uhr nachmittags ging ich aus, um einen Bummel zu machen und mich etwas aufzuheitern. Auf der Dorfwiese sah ich einen Weißen mir entgegenkommen; er trug einen Talar; daran und an seinem Gesicht sah ich, daß er ein Priester war. Er sah wie eine gutmütige alte Seele aus, schon ein bißchen grauhaarig und so dreckig, daß man mit ihm auf ein Blatt Papier hätte schreiben können.

»Guten Tag, Herr«, sagte ich.

Er antwortete mir munter auf kanakisch.

»Sprechen Sie denn gar nicht englisch?« frage ich.

»Französisch«, sagt er.

»Na«, sage ich, »tut mir leid, das kann ich nicht.«

Er versuchte noch eine Weile französisch zu sprechen und dann wieder kanakisch; er schien zu denken, damit würde es wohl noch am besten gehen. Ich merkte, daß er mehr auf dem Herzen hatte, als mir guten Tag zu sagen, und daß er mir etwas mitteilen wollte, und so spitzte ich denn meine Ohren. Ich hörte die Namens Adams und Case und Randall – Randall am häufigsten – und das Wort Gift oder so etwas Ähnliches und ein kanakisches Wort, das er sehr oft aussprach. Ich ging nach Hause und sagte fortwährend dieses Wort vor mich hin.

»Was bedeutet ›fussy-oky‹?« fragte ich Uma; denn so ungefähr schien das Wort mir zu klingen.

»Totmachen«, sagte sie.

»Den Teufel auch!« sage ich. »Hast du jemals was davon gehört, daß Case den Johnny Adams vergiftet hat?«

»Jede Mann er wissen das«, sagte Uma, ganz verächtlich, wie mir schien. »Geben ihm weißen Sand – schlimm Sand. Er noch haben Flasche. Wenn er Euch geben Gin, Ihr nicht nehmen ihn.«

Nun hatte ich dieselbe Geschichte fortwährend auf anderen Inseln gehört, und immer war dabei dieses selbe weiße Pulver die Hauptsache; deshalb gab ich nicht viel darauf. Indessen ging ich doch zu Randall hinüber, um mal zu sehen, ob ich da was aufschnappen könnte, und fand Case auf der Haustreppe; er war dabei, ein Gewehr zu putzen.

»Gute Jagd hier?« sage ich.

»Prima!« sagt er. »Der Busch ist voll von allen möglichen Vögeln. Ich wollte, Kopra wäre ebenso reichlich«, sagte er, und es kam mir vor, wie wenn er dabei eine Absicht hätte, »aber damit scheint hier gar nichts los zu sein.«

Ich konnte den Schwarzen Jack im Kaufladen sehen, wie er einen Kunden bediente, und sagte:

»Das sieht aber doch nach Geschäft aus.«

»Das ist der erste Verkauf, den wir seit drei Wochen erleben.«

»Das wollen Sie mir doch nicht erzählen?« sage ich. »Drei Wochen? Na, na!«

»Wenn Sie mir nicht glauben«, schreit er, ein bißchen hitzig, »können Sie nach dem Koprahaus gehen und nachsehen; 's ist bis zu dieser gesegneten Stunde halb leer.«

»Das würde mir nicht viel nützen, nicht wahr? Denn soviel ich davon weiß, könnte es ja gestern ganz leer gewesen sein.«

»Da haben Sie recht«, sagt er und lacht dabei ein bißchen.

»Übrigens«, sage ich, »was für 'n Knabe ist denn der Priester? Scheint ein ganz netter Mann zu sein.«

Da lachte Case laut heraus und sagte:

»Aha! Nun sehe ich, was für Schmerzen Sie haben! Galuchet hat Ihnen einen Floh ins Ohr gesetzt.«

Vater Galoshes nannte man ihn gewöhnlich, aber Case sprach den Namen immer richtig französisch aus, und das war auch einer von den Gründen, warum wir glaubten, er sei von besserer Herkunft.

»Ja, ich habe ihn getroffen. Soviel ich ihn verstehen konnte, hat er von Ihrem Kapitän Randall keine hohe Meinung.«

»Die hat er allerdings nicht! Es war die Geschichte wegen dem armen Adams; am letzten Tag, als er im Sterben lag, da holte der junge Buncombe ihn – den Priester, mein' ich. Kennen Sie Buncombe?«

»Nein!«

»Ist 'ne putzige Kruke, der Buncombe!« lacht Case. »Na, Buncombe setzte sich in den Kopf, weil kein anderer Geistlicher zur Hand sei als die Kanakenpastoren, müßten wir Vater Galuchet rufen, damit der alte Mann die Letzte Ölung und die Wegzehrung kriegte. Mir war's wurscht, wie Sie sich denken können; aber ich sagte, nach meiner Meinung müßte Adams das bestimmen. Der quatschte fortwährend von gewässerter Kopra und allem möglichen Unsinn. ›Hör mal‹, sagte ich, ›du bist ziemlich krank. War's dir recht, wenn Galoshes käme?‹ Da richtete er sich auf und stützte sich auf den Ellbogen und sagte: ›Holt den Priester! Holt den Priester; laßt mich hier nicht verrecken wie 'nen Hund! So rief er ganz wild, aber er war doch ziemlich vernünftig. Hiergegen war nun nichts zu sagen; so schickten wir denn 'rum und fragten Galuchet, ob er kommen wollte. Na, ob der wollte! Er sprang vor Vergnügen in seinem dreckigen Hemd bei dem bloßen Gedanken daran. Aber wir hatten die Rechnung ohne Papa gemacht. Der ist ein standhafter Baptist, unser Papa! Papisten brauchen ihm nicht zu kommen. Er also auf und schließt die Tür zu. Buncombe sagte ihm, er sei bigott, und da dachte ich, er hätte einen Raptus gekriegt. ›Bigott!‹ schreit er. ›Ich bigott?! Ich alter Mann soll mir so was von einem Schnösel sagen lassen?‹ Und damit ging Papa auf Buncombe los, und ich hatte genug zu tun, die beiden auseinanderzuhalten; und mitten zwischen ihnen lag Adams und hatte wieder sein Delirium gekriegt und quatschte wie verrückt von Kopra und so weiter. Es war 'ne famose Komödie, und ich lachte mich halbkrank; plötzlich richtete Adams sich auf, schlug die Hände vor die Brust und kriegte das heulende Elend. Er starb hart, der John Adams!« sagte Case und war plötzlich ganz ernst geworden.

»Und wie wurde es mit dem Priester?« fragte ich.

»Der Priester? Oh, der ballerte draußen gegen die Tür und schrie auf kanakisch, man solle aufmachen, da sei eine Seele, die er retten wolle, und lauter solches Zeug. Er war ganz außer sich, der Pfaff. Aber was meinen Sie? Da war nichts mehr zu wollen – Johnny war abgerutscht; da war kein Johnny mehr, und mit Letzter Ölung war nichts mehr zu machen. Dauerte nicht lange, so kriegte Randall zu hören, der Priester bete auf Johnnys Grab. Papa war hübsch voll, nahm einen Knüppel und ging stracks damit nach dem Grab hinaus; und richtig, da lag Galoshes auf seinen Knien, und ein Haufen Insulaner guckten zu. Sie möchten wohl meinen, Papa machte sich aus nichts etwas, außer aus Schnaps; aber nein – er und der Priester waren zwei Stunden lang an der Arbeit und schimpften sich gegenseitig auf kanakisch aus, und jedesmal, wenn Galoshes niederzuknien versuchte, ging Papa mit dem Knüppel auf ihn los. So einen Ulk hatte man in Falesa noch nie gesehen. Das Ende davon war, daß Kapitän Randall eine Art von Schlaganfall kriegte und hinpurzelte, und so kam denn der Priester schließlich doch noch zu seinem Ziel. Aber einen Ärger hatte der Pfaff! Und er beklagte sich bei den Häuptlingen wegen der Beschimpfung, wie er's nannte. Das hatte nun weiter keine Bedeutung, denn unsere Häuptlinge hier sind Protestanten; außerdem hatte er sich unbeliebt gemacht mit Beschwerden wegen des Trommelns zur Morgenschule, und so freuten sie sich, daß sie ihn abblitzen lassen konnten. Darum schwört er nun darauf, Papa Randall habe dem Adams Gift gegeben oder so was, und wenn die beiden sich begegnen, fletschen sie die Zähne gegeneinander wie Paviane.«

Er erzählte diese Geschichte ganz natürlich und wie ein Mann, der an dem Ulk seine Freude hatte; aber jetzt, da ich sie nach so langer Zeit wiedererzähle, scheint es mir eigentlich eine recht klägliche Geschichte zu sein. Aber kurz und gut, Case tat niemals gefühlvoll, sondern gab sich immer als derber, harter Kerl. Um die Wahrheit zu sagen, er kam mir sehr sonderbar vor.

Ich ging nach Hause und fragte Uma, ob sie ›Popi‹ sei.

»E le ai!« sagte sie. Sie sprach stets kanakisch, wenn sie ein Nein besonders stark betonen wollte, und das Wort hat allerdings mehr in sich als unser Nein.

»Popi nicht gut«, setzte sie noch hinzu.

Dann befragte ich sie um Adams und den Priester, und sie erzählte mir so ziemlich dieselbe Geschichte, aber auf ihre Art und Weise. Ich war also nicht viel weiter gekommen, war aber im ganzen geneigt zu denken, die ganze Geschichte käme von der Rauferei wegen der Letzten Ölung her und das Gerede von der Vergiftung sei nur Klatsch.

Der nächste Tag war ein Sonntag; Geschäft war also nicht zu erwarten. Uma fragte mich am Morgen, ob ich ›beten‹ gehen würde. Ich sagte ihr: »Nee – ganz gewiß nicht.« Darauf sagte sie kein Wort mehr und blieb selber auch zu Hause. Dies schien mir merkwürdig für eine Eingeborene, noch dazu für eine eingeborene junge Frau, die sich mit neuen Kleidern brüsten konnte. Da es mir aber außerordentlich angenehm war, so sagte ich nichts darüber. Merkwürdigerweise wäre ich dann doch beinahe in die Kirche gekommen; daran muß ich noch heute denken. Ich war ausgegangen und hörte die Leute in der Kirche singen. Na, Sie wissen ja, wie das ist: Wenn man Leute singen hört, ist es so, wie wenn man mit Gewalt herangezogen würde, und es dauerte nicht lange, so stand ich vor der Kirche. Es war ein niedriges, schmales, aber langes Gebäude, aus Korallen erbaut, an beiden Enden abgerundet wie ein Boot; ein großes Kanakendach oben drauf, Fensterluken ohne Scheiben und Türöffnungen ohne Türen. Ich steckte meinen Kopf zu einem der Fenster hinein, und der Anblick war so neu für mich – denn hier war alles ganz anders, als auf den Inseln, die ich kannte –, daß ich stehenblieb und zuschaute. Die versammelte Gemeinde saß auf Matten auf dem Fußboden, auf der einen Seite die Weiber, auf der anderen die Männer – alle mächtig herausgeputzt, die Weiber in Kleidern und europäischen Hüten, die Männer in weißen Jacken und Hemden.

Der Choral war gesungen; der Pastor, ein stutzerhafter, großer Kanake, stand auf der Kanzel und predigte, was das Zeug halten wollte; an der Art, wie er mit den Armen herumfuchtelte und auf die Leute losschrie und ihnen seine Weisheit verzapfte, konnte ich merken, daß er ein großer Mann in seinem Geschäft war. Na, plötzlich sieht er auf und begegnet meinem Blick – und ich gebe Ihnen mein Wort: Er taumelte auf seiner Kanzel zurück; die Augen traten ihm aus dem Kopf hervor, er hob die Hand und zeigte auf mich, wie wenn er nicht anders könnte, und bums! war die Predigt aus!

Man sagt so was nicht gerne von sich selber, aber – ich lief weg! Und wenn ich morgen wieder so einen Schreck bekäme, würde ich wieder weglaufen. Wie da dieser plappernde Kanake auf einmal still war bei meinem bloßen Anblick, das gab mir ein Gefühl, wie wenn die Welt plötzlich den Boden verloren hätte.

Ich ging schnurstracks nach Hause und blieb da und sagte kein Wort. Sie könnten denken, ich hätte mit Uma sprechen sollen, aber das ging gegen mein Prinzip. Oder ich hätte zu Case hinübergehen und ihn um Rat fragen sollen; aber um die Wahrheit zu sagen: Ich schämte mich, über so was zu sprechen; ich dachte, jedermann würde laut herausplatzen und mir gerade ins Gesicht lachen. So hielt ich denn meinen Mund, dachte aber um so mehr; und je mehr ich dachte, desto weniger gefiel mir die Geschichte.

Am Montagabend war es mir ganz klar, daß ich unter Tabu sein mußte. Daß ein neuer Kaufladen in einem Dorf zwei Tage offenstand und kein Mann oder Weib kam, sich die Waren anzusehen – das war unnatürlich.

»Uma«, sagte ich, »ich denke, ich bin unter Tabu.«

»Ich denken auch«, sagte sie.

Ich bedachte mich eine Weile, ob ich sie noch weiter fragen sollte; aber es ist nicht gut, Eingeborene darauf zu bringen, daß man sie überhaupt um Rat fragen kann; so ging ich also zu Case.

Es war dunkel, und er saß ganz allein, wie er es meistens tat, auf seiner Treppe und rauchte.

»Case«, sagte ich, »hier ist was Sonderbares los. Ich bin unter Tabu.«

»Och, Quatsch! Das ist hier auf diesen Inseln nicht Mode!«

»Das kann sein oder kann auch nicht sein. Wo ich bis jetzt war, da war es Mode. Und Sie können sich darauf verlassen, ich weiß damit Bescheid; und ich sage Ihnen, es ist Tatsache: Ich bin unter Tabu.«

»Na, was haben Sie denn getan?«

»Das will ich eben grade herausbringen.«

»Ach, Sie können nicht unter Tabu sein – das ist ausgeschlossen, aber ich will Ihnen sagen, was ich tun will: Bloß damit Sie ruhig sein können, will ich mal 'rumgehen und herausbringen, wie es damit wirklich ist. Spazieren Sie 'rein und klönen Sie ein bißchen mit Papa.«

»Danke. Ich bleibe lieber hier draußen auf der Veranda; in Ihrem Hause ist es so stickig.«

»Dann will ich Papa 'rausrufen.«

»Mein lieber Junge, tun Sie das lieber nicht! Ich mache mir nämlich nicht viel aus Kapitän Randall.«

Case lachte, nahm eine Laterne vom Ladentisch und machte sich auf den Weg ins Dorf. Er blieb vielleicht eine Viertelstunde fort und sah mächtig ernst aus, als er wiederkam.

»Nu ja«, sagte er und setzte die Laterne auf die Verandatreppe, »ich hätte es niemals geglaubt, ich weiß nicht, wie weit die Unverschämtheit dieser Kanaken nächstens noch gehen wird; sie haben scheint's jede Ahnung von Respekt vor den Weißen verloren. Was wir brauchen, ist ein Kriegsschiff – ein deutsches, wenn wir's haben könnten –, die wissen mit Kanaken umzugehen.«

»Ich bin also unter Tabu?« rief ich.

»So was Ähnliches. Es ist der schlimmste Fall, der mir je in der Art vorgekommen ist. Aber ich stehe Ihnen bei, Wiltshire, als Mann zu Mann. Kommen Sie morgen früh gegen neun Uhr bei mir vorbei, und wir wollen es bei den Häuptlingen richtigstellen. Sie haben Angst vor mir, oder hatten wenigstens Angst; aber sie sind jetzt so aufgeblasen, daß ich gar nicht weiß, was ich davon denken soll. Verstehen Sie mich recht, Wiltshire; die Frage geht nicht Sie allein an!« rief er in einem sehr entschlossenen Ton. »Sie geht uns alle an, uns Weiße, und ich gehe mit Ihnen durch dick und dünn, und da haben Sie meine Hand darauf!«

»Haben Sie den Grund herausgebracht?«

»Noch nicht; aber wir werden die Kerls morgen früh festnageln.«

Im großen und ganzen war ich mit seiner Haltung ziemlich zufrieden und beinah noch mehr am nächsten Tage, als wir uns trafen, um miteinander zu den Häuptlingen zu gehen, und ich ihn ernst und entschlossen sah. Die Häuptlinge erwarteten uns in einem ihrer großen eirunden Häuser, das wir schon von ferne als das Versammlungshaus erkannten, weil eine große Menschenmenge, mindestens hundert, sich rundherum drängte – Männer, Weiber und Kinder. Viele von den Männern waren auf ihrem Wege zur Arbeit und trugen grüne Kränze, und ich dachte bei ihrem Anblick an unsern Ersten Mai daheim. Die Menge ließ uns beide durch und summte um uns herum, wie in einer plötzlichen ärgerlichen Aufregung.

Fünf Häuptlinge waren da; vier davon mächtig stattliche Männer, der fünfte alt und verschrumpelt. Sie saßen auf Matten in ihren weißen Hüftschürzen und Jacken; Fächer hatten sie in ihren Händen wie feine Damen; und zwei von den jüngeren trugen katholische Medaillen, was mir zu denken gab. Unser Platz war zurechtgemacht, und Matten lagen für uns ausgebreitet, den großen Männern gegenüber, dicht am Eingang des Hauses; die Mitte war leer. Die Menge, die sich dicht an uns herandrängte, murmelte und reckte die Hälse und schubste sich, um etwas sehen zu können, und ihre Schatten bewegten sich vor unseren Füßen auf den weißen Kieseln des Fußbodens. Die Erregung der Volksmenge machte mich ein bißchen bedenklich, aber das ruhige höfliche Benehmen der Häuptlinge beruhigte mich wieder, zumal als ihr Sprecher begann und mit ziemlich leiser Stimme eine lange Rede hielt, wobei er zuweilen mit der Hand auf Case, zuweilen auf mich deutete, zuweilen mit den Knöcheln auf die Matte klopfte. Eins war klar: An den Häuptlingen war kein Zeichen von Ärger zu bemerken.

»Was hat er gesagt?« fragte ich, als er fertig war.

»Oh, weiter nichts, als daß sie sich freuen, Sie zu sehen, und daß sie von mir vernommen haben, daß Sie irgendeine Beschwerde vorzubringen wünschen. Sie brauchen jetzt bloß Ihre Meinung zu sagen, Wiltshire, und dann werden sie die Sache in Ordnung bringen.«

»Er brauchte verdammt lange Zeit, um das zu sagen!« entgegnete ich.

»Oh, der Rest war lauter Gequatsch und Bonjour und so weiter; Sie wissen doch, wie Kanaken sind.«

»Na, von mir kriegen sie nicht viel Bonjour zu hören! Sagen Sie ihnen, wer ich bin! Ich bin ein weißer Mann und ein britischer Untertan und ein mächtig großer Häuptling bei uns; und ich bin hierher gekommen, um ihnen Gutes zu tun und ihnen Zivilisation zu bringen; und kaum habe ich meine Waren ausgepackt, so gehen sie hin und stellen mich unter Tabu, so daß keiner sich in die Nähe meines Hauses wagt! Sagen Sie ihnen: Ich habe nicht die Absicht, ihnen etwas gegen Gesetz und Recht zu tun; und wenn sich's darum handelt, daß sie ein Geschenk haben wollen, dann will ich's machen, wie es anständig ist. Sagen Sie ihnen: Ich nehme es keinem Menschen übel, wenn er für sich selber sorgt, denn das liegt in der menschlichen Natur; aber wenn sie meinen, sie können mir mit ihren Insaniderideen kommen, dann werden sie finden, daß sie sich irren. Und sagen Sie ihnen kurz und bündig: Ich verlange den Grund dieser Behandlung zu wissen, und verlange das als weißer Mann und als britischer Untertan.«

Das war meine Rede. Ich weiß mit Kanaken umzugehen: Kommen Sie ihnen mit gesunder Vernunft und mit anständiger Behandlung, und – die Gerechtigkeit will ich ihnen widerfahren lassen – sie geben jedesmal klein bei. Sie haben keine richtige Regierung und kein richtiges Gesetz und Recht, das muß man ihnen einbläuen; selbst wenn sie es hätten, so wäre es ein dummer Witz, wenn sie ihr Gesetz auf einen Weißen anwenden wollten. Es wäre ja ein merkwürdiges Ding, wenn wir alle so behandelt würden und nicht tun könnten, was uns gutdünkt. Der bloße Gedanke an so etwas hat mich immer wild gemacht, und darum redete ich ziemlich hohe Töne.

Hierauf übersetzte Case meine Worte oder tat wenigstens so – und der erste Häuptling antwortet, und dann ein zweiter, und ein dritter, alle im selben Stil, freundlich und höflich, zugleich aber auch feierlich. Einmal wurde eine Frage an Case gerichtet, und er beantwortete sie, und alle Anwesenden – die Häuptlinge sowohl wie die gewöhnlichen Leute – lachten laut und sahen mich an.

Zuletzt begannen der verschrumpelte alte Kerl und der große junge Häuptling, der zuerst gesprochen hatte, Case in eine Art

Kreuzverhör zu nehmen. Einigemal entnahm ich aus ihrem Benehmen, daß Case sich zu wehren versuchte, aber sie hingen an ihm fest wie Hunde, und der Schweiß rann ihm über das Gesicht hinunter, was für mich kein sehr angenehmer Anblick war, und bei einigen von seinen Antworten grunzte und murrte die Menge, was für mich noch weniger angenehm zu hören war. Es war sehr schlimm für mich, daß ich die Eingeborenensprache nicht verstand; denn – wie ich jetzt glaube – sie fragten Case wegen meiner Heirat, und es muß für ihn harte Arbeit gewesen sein, dabei seine eigenen Hände reinzuwaschen. Aber gegen Case will ich nichts sagen; er hatte den Verstand, ein Parlament zu leiten.

»Nun, ist das alles?« fragte ich, als eine Pause eintrat.

»Kommen Sie mit!« sagte er und wischte sich das Gesicht ab. »Ich will's Ihnen draußen sagen.«

»Meinen Sie, sie wollen das Tabu nicht von mir nehmen?« rief ich.

»Da ist was nicht in Ordnung!« sagte er. »Ich will es Ihnen draußen sagen; 's ist besser, Sie gehen mit hinaus.«

»Von denen laß ich mir nichts gefallen!« rief ich. »Dazu bin ich nicht der Mann. Sie werden nicht erleben, daß ich vor einem Pack Kanaken ausreiße!«

»Besser, Sie kommen mit«, sagte Case.

Er sah mich dabei mit einem bedeutungsvollen Blick an; und die fünf Häuptlinge sahen mich ebenfalls an – höflich genug, aber auch etwas feindselig; die Leute sahen mich auch an und reckten die Hälse und drängten sich heran. Ich dachte daran, wie die Menge um mein Haus herumgelungert hatte und wie der Pastor auf seiner Kanzel herumgesprungen war, als er mich bloß gesehen hatte; und die ganze Geschichte schien mir so ungewöhnlich zu sein, daß ich aufstand und Case nachging. Die Menge machte uns wieder Platz, und zwar noch mehr als zuvor bei unserm Kommen, und die Kinder liefen davon und schrien, und als wir beiden Weißen fortgingen, standen alle da und sahen uns nach.

»Und nun?« sagte ich. »Was hat dies alles zu bedeuten?«

»Um die Wahrheit zu sagen, ich kann selber nicht recht klug daraus werden. Sie haben was gegen Sie«, sagte Case.

»Einen Menschen unter Tabu stellen, weil sie was gegen ihn haben!« rief ich. »So was hab' ich nie gehört!«

»Es ist noch schlimmer als das, wissen Sie«, sagte Case. Unter Tabu sind Sie nicht – ich sagte Ihnen ja, das sei unmöglich. Aber die Leute wollen nichts mit Ihnen zu tun haben, Wiltshire, und so steht die Sache.«

»Sie wollen nichts mit mir zu tun haben? Was meinen Sie damit? Warum wollen sie nichts mit mir zu tun haben?« rief ich.

Case zögerte einen Augenblick und sagte dann leise:

»Es scheint, als ob sie Angst hätten.«

Ich blieb stehen und rief: »Angst hätten? Sind Sie verrückt geworden, Case? Wovor haben sie Angst?«

»Ich wollte, ich könnte daraus klug werden«, antwortete Case kopfschüttelnd. »Sieht aus, wie wenn da so ein alberner Aberglaube der Leute im Spiel wäre. Und das gefällt mir nicht; 's ist ganz ähnlich wie damals die Geschichte mit Vigours.«

»Ich möchte wissen, was Sie damit sagen wollen, und ich ersuche Sie dringend, mir das zu erklären!«

»Na, Sie wissen ja: Vigours rückte aus und ließ alles liegen und stehen, wie es war. Es war irgend so ein Aberglaube im Spiel; was es eigentlich war, habe ich nie begriffen; aber es begann schon schlimm auszusehen, bevor es zum Ende kam.«

»Darüber habe ich eine andere Geschichte erzählen hören, und es ist besser, wenn ich Ihnen das sage. Ich habe gehört, er lief Ihretwegen weg!«

»Ach so! Na, ich denke mir, er schämte sich wohl, die Wahrheit zu sagen; er hätte wohl eine alberne Rolle dabei gespielt. Allerdings ist es Tatsache, daß ich ihm davongeholfen habe. ›Was würden Sie tun, alter Freund?‹ fragte er. – ›Raus!‹ sage ich. ›Machen Sie, daß Sie fortkommen, und besinnen Sie sich nicht lange!‹ Ich war heilfroh, als ich ihn absegeln sah. Es ist nicht meine Art, einen Kameraden im Stich zu lassen, wenn er in Nöten ist; aber es war eine solche Unruhe im Dorf, daß ich nicht wußte, wozu es schließlich noch führen könnte. Ich war ein Dummkopf, daß ich so viel mit Vigours verkehrte. Sie werfen es mir bis auf den heutigen Tag noch vor. Hörten Sie nicht, wie Maea – das ist der junge Häuptling, der Große – fortwährend von ›Vika‹ redete? Das betraf Vigours und meinen Verkehr mit ihm. Sie scheinen mir das immer noch nachzutragen, warum, weiß ich nicht.«

»Das ist alles recht schön und gut; aber das alles sagt mir nicht, was denn eigentlich los ist; es sagt mir nicht, wovor sie Angst haben – was sie sich dabei denken.«

»Ja, das möchte ich auch wohl wissen. Mehr können Sie von mir nicht verlangen.«

»Mich dünkt, Sie hätten danach fragen können!«

»Hab' ich auch getan! Aber Sie müssen ja selber gesehen haben, wenn Sie nicht blind sind: Das Fragen kam von der anderen Seite! Ich will für einen anderen Weißen so weit gehen, wie ich es wagen darf; aber wenn ich finde, daß ich selber in der Klemme sitze, dann denke ich zuerst an meine eigene Haut. Mein Fehler ist, daß ich zu gutmütig bin. Und ich gestatte mir, Ihnen zu sagen, Sie zeigen eine sonderbare Dankbarkeit einem Mann gegenüber, der sich wegen Ihrer Angelegenheiten in diese unangenehme Lage gebracht hat.«

»Ich will Ihnen mal was sagen: Sie waren ein Dummkopf, sagen Sie, daß Sie so viel mit Vigours verkehrten. Ein Trost, daß Sie mit mir nicht viel verkehrt haben! Es fällt mir jetzt auf, daß Sie niemals mein Haus betreten haben. Sagen Sie es grade heraus: Sie wußten schon vorher von dieser Geschichte?«

»Nein! Es war nur eine Unachtsamkeit, daß ich nicht kam, und die tut mir leid, Wiltshire, was aber von jetzt an einen Besuch bei Ihnen betrifft, da will ich ganz offen sein.«

»Sie meinen: Sie werden nicht kommen?«

»Tut mir riesig leid, mein Alter, aber so ist es.«

»Kurz gesagt, Sie haben Furcht?«

»Kurz gesagt, ich habe Furcht.«

»Und es bleibt also dabei, ich bin um nichts und wieder nichts unter Tabu?«

»Ich sage Ihnen: Sie stehen *nicht* unter Tabu! Die Kanaken werden nicht mit Ihnen verkehren, das ist alles. Und wer kann sie dazu zwingen? Und ich muß sagen: Wir Händler machen viele Ansprüche; wir zwingen diese armen Kanaken, ihre eigenen Gesetze umzustoßen, ihre Tabus aufzuheben und dergleichen, wenn es uns gerade so paßt. Aber Sie können doch nicht im Ernst sagen, daß Sie ein Gesetz erwarten, das die Leute zwingt, in Ihrem Laden Geschäfte zu machen, ob sie's wollen oder nicht. Sie wollen mir nicht im Ernst sagen, daß Sie Ihre Ansprüche so weit treiben? Und wenn Sie das täten, so wäre es etwas schnurrig, grade mir mit so etwas zu kommen. Ich möchte mir erlauben, Sie darauf aufmerksam zu machen, Wiltshire, daß ich selber ein Geschäft habe.«

»Ich glaube, an Ihrer Stelle würde ich nicht von Ansprüchen reden. So gut ich die Sachlage verstehe, läuft es auf folgendes hinaus: Kein Mensch darf mit mir Geschäfte machen, und so müssen alle mit Ihnen Geschäfte machen. Sie kriegen alle Kopra, und ich kann zum Teufel gehen und mit mir selber Geschäfte machen. Und ich verstehe kein Wort von der Eingeborenensprache, und Sie sind der einzige in Betracht kommende Mensch hier, der englisch spricht. Und Sie haben die Dreistigkeit, mir zu verstehen zu geben, daß ich in Lebensgefahr bin, und alles, was Sie mir darüber zu sagen haben, ist: Sie wissen nicht, warum!«

»Nun ja – es *ist* alles, was ich Ihnen zu sagen habe. Ich weiß es nicht; ich wollte, ich wüßte es.«

»Sie drehen mir also den Rücken zu und überlassen mich mir selber! Steht die Sache so?«

»Wenn es Ihnen beliebt, es auf so schroffe Art auszudrücken. Ich fasse es nicht so auf. Ich sage bloß: Ich werde mich von Ihnen fernhalten; oder, wenn ich das nicht tue, komme ich selber in Gefahr.«

»Na«, sage ich, »Sie sind mir ein schöner weißer Mann!«

»Ach so, ich verstehe: Sie sind ärgerlich! Wäre ich an Ihrer Stelle auch; wenn Sie wollen, bitte ich Sie um Entschuldigung.«

»Ach was, machen Sie Ihre Entschuldigungen anderswo! Hier ist mein Weg, da ist Ihrer!«

Damit trennten wir uns, und ich ging schnurstracks nach Hause, in voller Wut, und da fand ich Uma, die wie ein kleines Kind einen Haufen Waren anprobierte.

»So! Laß mal den Unsinn sein! Was machst du mir hier für einen Kuddelmuddel? Wie wenn ich nicht schon sonst Sorgen genug hätte! Und hatte ich dir nicht gesagt, du solltest das Essen kochen?«

Und dann werde ich ihr wohl ein paar harte Worte gegeben haben, wie sie's verdient hatte. Sie stand sofort stramm wie ein Soldat vor seinem Offizier; denn ich muß sagen: Sie war stets wohlerzogen und hatte einen großen Respekt vor Weißen.

»Und nun hör mal!« sagte ich. »Du bist hieraus der Gegend, du mußt mit der Geschichte Bescheid wissen; warum in aller Welt bin ich unter Tabu? Oder wenn ich nicht unter Tabu bin, was macht den Leuten Angst vor mir?«

Sie stand da und sah mich an mit Augen so groß wie Teetassen.

»Ihr nicht wissen?« stieß sie zuletzt hervor.

»Nein, wie kannst du denn glauben, daß ich das weiß? Solchen Blödsinn haben wir nicht bei mir zu Hause.«

»Ese nicht sagen Euch?« fragte sie wieder.

›Ese‹ war der Name, den die Eingeborenen Case gaben; er soll ›ausländisch‹ oder ›außergewöhnlich‹ bedeuten, oder auch ›Paradiesapfel‹; höchstwahrscheinlich war es aber nur sein richtiger Name, den die Kanaken falsch gehört und auf ihre Weise wiedergegeben hatten.

»Keine Ahnung«, sagte ich.

»Verdammt Ese!« rief sie.

Es mag Ihnen schnurrig vorkommen, daß so ein Kanakenmädchen einen solchen dicken Fluch ausstieß. Aber sie fluchte gar nicht! Sie dachte gar nicht an fluchen, sie war auch nicht ärgerlich; sie war über jeden Ärger hinaus und meinte das Wort ganz einfach und mit allem Ernst. Hoch aufgerichtet stand sie da, als sie es sagte. Ich muß sagen, ich habe niemals ein Weib so dastehen sehen, weder vorher noch später, und ich war sprachlos. Dann machte sie eine Art von Verbeugung, aber ganz, ganz stolz, reckte ihre offenen Hände vor und sagte:

»Ich mich schämen! Ich denken, Ihr wissen. Ese er sagen mir Ihr wissen; er sagen mir, Ihr nicht kümmern; sagen mir, Ihr lieben mich *zu* viel. Tabu mich angehen«, sagte sie, und dabei berührte sie ihre Brust, wie sie's an unserm Hochzeitsabend gemacht hatte. »Nun ich weggehen, Tabu auch weggehen. Dann Ihr kriegen *zu* viel Kopra. Ihr dann Euch freuen, ich denken. Tofa, alii«, sagte sie in ihrer Sprache; das bedeutet: »Lebe wohl, Häuptling!«

»Halt! Nur nicht so eilig!«

Sie sah mich von der Seite mit einem Lächeln an: »Ihr sehen, Ihr kriegen Kopra!« – wie man einem Kind Zuckerplätzchen anbieten möchte.

»Uma«, sagte ich, »hör mal ein vernünftiges Wort! Ich wußte nichts davon, und das ist Tatsache; und Case scheint mit uns beiden ein recht schäbiges Spiel getrieben zu haben. Aber jetzt weiß ich's und – ich mache mir nichts daraus! Ich liebe dich zu sehr. Du nicht weggehen, du nicht verlassen mich, ich zuviel traurig.«

»Ihr nicht lieben mich!« schrie sie. »Ihr mir sagen schlimme Worte!«

Damit warf sie sich in eine Ecke auf den Fußboden und begann zu heulen.

Na, ich bin ja kein Gelehrter, aber ich bin auch nicht von gestern, und ich dachte, das Schlimmste an der Geschichte sei jetzt vorüber. Indessen, da lag sie nun, drehte mir den Rücken zu, das Gesicht nach der Wand, und schluchzte wie ein Kind, daß ihr ganzer Körper erschüttert wurde und ihre Füße zuckten. Es ist merkwürdig, wie es einen Mann packt, wenn er verliebt ist; denn es hat keinen Zweck, sich selber was vorzumachen – Kanakin oder nicht, ich war in sie verliebt bis über die Ohren. Ich versuchte ihre Hand zu ergreifen, aber sie wollte sie mir nicht geben.

»Uma«, sagte ich, »solches Betragen hat keinen Sinn. Ich will, daß du hier bleibst, ich will meine kleine Frau haben. Ich dir sagen wahr.«

»Ihr nicht mir sagen wahr!« schluchzte sie.

»Na, schön! Ich will warten, bis du fertig bist.«

Damit setzte ich mich neben sie auf den Fußboden und begann mit meiner Hand ihr Haar zu streicheln. Zuerst rutschte sie von mir weg, als ich sie berührte; dann schien sie nicht mehr auf mich zu achten; dann allmählich wurde ihr Schluchzen immer leiser und hörte plötzlich ganz auf; und dann wandte sie ihr Gesicht zu mir und fragte:

»Ihr mir sagen wahr? Ihr haben gern ich bleiben?«

»Uma!« sagte ich. »Ich wollte lieber dich haben als alle Kopra in der ganzen Südsee!« Das war ein großes Wort, und das Merkwürdigste dabei war: Ich meinte es im Ernst.

Sie schlang ihre Arme um mich, schmiegte sich an mich und drückte ihr Gesicht gegen das meinige, wie es die Insulanerinnen tun anstatt zu küssen; und so wurde ich ganz naß von ihren Tränen, und ich gab ihr mein Herz ganz und gar. Niemals war an meinem Herzen jemand so nahe gelegen wie dieses kleine braune Mädel. So manche Dinge kamen zusammen, und alle trugen dazu bei, mir den Kopf zu verdrehen. Hübsch war sie zum Anbeißen; es schien, daß sie mein einziger Freund an diesem sonderbaren Ort war; ich schämte mich, daß ich sie angeschnauzt hatte; und sie war ein Weib und meine Frau, und außerdem eine Art Kind, das mir leid tat; und das Salz ihrer Tränen war in meinem Mund. Und ich vergaß Case und die Eingeborenen; und ich vergaß, daß ich nichts von Umas Geschichte wußte, oder wenn ich daran dachte, wies ich schnell den Gedanken von mir; und ich vergaß, daß ich keine Kopra kriegen sollte und mir also nicht mein Brot verdienen konnte; und ich vergaß mein Firma, in deren Dienst ich stand, und was für einen merkwürdigen Dienst ich ihr leistete, indem ich meiner Laune nachging und nicht ihrem Geschäft; und ich vergaß sogar, daß Uma nicht meine rechte Frau war, sondern nur ein Mädchen, das ich angeführt hatte, und zwar noch dazu auf recht schäbige Weise. Aber davon später.

Es war schon spät, als wir daran dachten, etwas zu essen zu kriegen. Das Feuer im Kochofen war ausgegangen, und es war eiskalt geworden; aber wir machten ein neues Feuer und kochten jedes ein

Gericht und halfen uns dabei und standen uns gegenseitig im Wege und hatten unsere Lust daran wie Kinder. Ich mußte sie ganz nahe bei mir haben, und darum nahm ich mein Mädel auf den Schoß, als wir uns beim Essen niedersetzten, und hielt sie mit der einen Hand fest und aß mit der anderen. Ich glaube, sie war die schlechteste Köchin, die Gott je gemacht hat; vor dem Essen, das sie zusammenmanschte, hätte einem anständigen Pferd gegraust. Und trotzdem aß ich an diesem Tage nur von Umas Gericht, und ich kann mich nicht erinnern, daß es mir jemals besser geschmeckt hat.

Ich machte mir selber nichts vor und machte ihr nichts vor. Ich sah, daß ich in sie verschossen war; und wenn sie einen Narren aus mir machen mochte, dann war daran nichts zu machen. Und ich glaube, daß sie das merkte und daß sie deshalb zu erzählen anfing; denn jetzt war sie sicher, daß wir Freunde waren. Sie erzählte mir einen ganzen Haufen Geschichten, wie sie so auf meinem Schoß saß und von meinem Essen aß und ich von ihrem und wir unseren Spaß daran hatten – erzählte mir einen Haufen von sich selber und von ihrer Mutter und von Case. Es war eine lange Geschichte, und wenn man das niederschreiben wollte, wie sie es in ihrem Kauderwelsch erzählte, würde man ganze Bogen damit füllen; ich will Ihnen aber den Inhalt auf gut Englisch sagen und dazu etwas, was mich selber betrifft und was für mich große Folgen hatte, wie Sie gleich hören werden.

Wie es scheint, war sie auf einer von den Inseln unter dem Äquator geboren; da hatte sie aber nur zwei oder drei Jahre gelebt und war dann mit einem Weißen zusammengekommen, der mit ihrer Mutter verheiratet war und dann starb; und in Falesa waren sie erst seit einem einzigen Jahr. Vorher waren sie fast immer auf der Wanderschaft gewesen; sie waren mit diesem Weißen herumgezogen, einem von jenen rollenden Steinen, die kein Moos ansetzen. Er war immer auf der Suche nach einem guten, angenehmen Geschäft. Man redet von Leuten, die immer nach dem Gold suchen, das am Ende des Regenbogens sein werde; aber wenn einer ein Geschäft haben will, das ihn bis ans Ende seiner Tage ernährt, dann braucht er bloß in dieser Gegend der Welt ewig nach einer Stelle zu suchen. So einer hat sein Essen und Trinken, hat sein Bier und sein Kegelspiel, denn niemals hört man, daß so einer hungert, und selten sieht man sie nüchtern; und ihren Spaß haben sie auch immer. Kurz und gut, dieser Landstörzer schleppte die Frau und ihre Tochter überall mit sich herum; meistens aber waren sie auf Inseln, die abseits von der großen Straße lagen, wo nicht viel von Polizei die Rede war. Ich habe jetzt meine eigene Meinung über diesen alten Knaben; aber eigentlich war ich froh, daß er Uma nicht mit nach Apia und Papiti genommen hatte und nach den anderen Städten, wo's lustig hergeht. Schließlich blieb er auf dieser Insel, in Fale-alii hängen, kam – der Herrgott wird wissen, wie – zu einem Kramladen, brachte auf die übliche Weise alles durch und starb endlich beinah bettelarm; er hinterließ nur ein Stückchen Land in Falesa, das er für eine faule Schuld übernommen hatte; und so kamen Mutter und Tochter auf den Gedanken, nach Falesa zu ziehen und hier zu wohnen. Case hatte ihnen scheint's gut zugeredet, das zu tun, und half ihnen, ihr Haus zu bauen. Er war damals sehr freundlich zu ihnen und gab Uma Waren, und ohne Zweifel hatte er von Anfang an sein Auge auf sie geworfen. Sie hatten sich aber kaum niedergelassen, so erschien ein junger Mann auf der Bildfläche, ein Eingeborener, und wollte Uma heiraten. Er war ein kleiner Häuptling und hatte ein paar schöne Matten und alte Erbgesänge in seiner Familie und war ›viel hübsch‹, wie Uma sagte. Jedenfalls war es ein außerordentlicher Glücksfall für ein Mädchen, das keinen Heller hatte und von einer fremden Insel war.

Als ich hiervon das erste Wort hörte, wurde ich ganz krank vor Eifersucht und schrie:

»Und du sagst in allem Ernst, du hättest ihn geheiratet?«

»Djo«, sagte sie; das ist das kanakische Wort für Ja. »Er gefallen mir zu viel!«

»Schön! Und wenn ich nun später hierhergekommen wäre?«

»Ihr gefallen mir viel besser jetzt. Aber wenn heiraten Joane, ich eine gute Weib. Ich nicht gewöhnlicher Kanaka. Gut Mädchen.«

Na, damit mußte ich mich zufriedengeben; aber ich sage Ihnen: Die Geschichte gefiel mir ganz und gar nicht. Und das Ende von Umas Erzählung gefiel mir nicht viel besser als der Anfang. Denn von diesem Heiratsantrag kam scheint's der ganze Wirrwarr her. Uma und ihre Mutter waren natürlich im Anfang sehr geringgeachtet worden, als Leute ohne Sippe und als Fremdlinge, aber man hatte ihnen nichts zuleide getan; und sogar als Joane um sie freite, gab es im Anfang weniger Aufregung, als man hätte erwarten können.

Plötzlich aber, ungefähr sechs Monate vor meiner Ankunft, zog Joane sich zurück und verließ diesen Teil der Insel, und von diesem Tage bis zum heutigen sahen Uma und ihre Mutter sich von allen Leuten gemieden. Niemand besuchte sie in ihrem Hause; niemand sprach sie auf den Wegen an. Wenn sie zur Kirche gingen, zogen die anderen Weiber ihre Matten weg und rückten von ihnen ab. Sie waren ganz richtig in Acht und Bann, wie man es in den Geschichten aus dem Mittelalter liest; und warum das war, davon hatten sie selber keine Ahnung. Es war irgendein ›tala pepelo‹: irgendeine Lüge oder Verleumdung; sie wußte weiter nichts davon, als daß die Mädchen, die auf sie wegen ihres Glückes mit Joane eifersüchtig gewesen waren, sie wegen seiner Abtrünnigkeit verhöhnten und ihr, wenn sie sie allein im Walde trafen, nachriefen, sie würde sich niemals verheiraten. »Sie mir sagen, kein Mann er heiraten mich. Er zuviel Angst!« sagte sie.

Die einzige Menschenseele, die nach diesem Bruch mit ihnen verkehrte, war Meister Case. Auch er nahm sich in acht, daß ihn niemand sehe, und kam meist nur bei Nacht; und sehr bald legte er seine Karten offen auf den Tisch und freite Uma. Ich ärgerte mich noch wegen des Joane, und als nun Case auf dieselbe Weise auf der Bildfläche erschien, da wurde ich richtig wild und sagte höhnisch:

»Aha! Und wahrscheinlich dachtest du auch von Case: ›viel hübsch‹ und ›mir gefallen zu viel‹?«

»Nun, Ihr reden dumm!« rief sie. »Weißer Mann er kommen hier, ich ihn heiraten wie Kanaka. Schön. Er mich heiraten wie weiße Weib. Wenn er nicht heiraten, er weggehen, Frau sie bleiben. Er Dieb, leere Hand, Tongaherz – nicht können lieben! Nun Ihr kommen, heiraten mich. Ihr groß Herz – Ihr nicht schämen wegen Inselmädchen. Darum ich lieben Euch zu viel. Ich stolz.«

Ich glaube, jämmerlicher habe ich mich nie in meinem Leben gefühlt. Ich legte meine Gabel hin und schob das ›Inselmädchen‹ von mir. Ich wußte nicht, was ich tun sollte, und ging im Hause herum, und Uma folgte mir mit ihren Blicken, denn sie war in Sorgen – und das war auch kein Wunder. Aber ich war mehr als in Sorgen. Ich hatte solche Sehnsucht danach und zugleich eine solche Angst davor, ihr frei und offen zu sagen, was für ein Schuft ich gegen sie gewesen sei.

Und gerade in dem Augenblick hörte ich von der See her einen Sang; hell und laut kam er von einem Boot, das um das Vorgebirge einbog, und Uma rannte an das Fenster und rief, es sei ›Misi‹ auf seiner Rundfahrt.

Ich dachte bei mir, es sei sonderbar, daß ich mich freute, einen Missionar zu sehen; aber wenn es sonderbar war, so war es auch wahr.

»Uma«, sagte ich, »du bleibst hier in diesem Zimmer und setzest keinen Fuß aus dem Hause, bis ich wieder da bin.«

Der Missionar

Als ich auf die Veranda hinaustrat, schoß gerade das Missionsboot auf die Flußmündung zu. Es war ein langes, weiß angemaltes Walfischfängerboot; ein Kanakenpastor hockte hinten auf dem Bord und steuerte, vierundzwanzig Ruder blitzten im Sonnenschein und tauchten ins Wasser, im Takt nach dem Gesang der Ruderer; unter dem Sonnensegel saß der Missionar in seinen weißen Kleidern und las in einem Buch. Es war nett zu sehen und zu hören; man kann sich nichts Schmuckeres denken, da in den Inseln, als ein Missionarsboot mit einer guten Mannschaft, und ich betrachtete es eine halbe Minute lang, vielleicht mit etwas Neid, und ging dann zum Fluß hinunter.

Von der entgegengesetzten Seite strebte ein anderer Mann derselben Stelle zu; aber er rannte und kam zuerst an. Es war Case. Ohne Zweifel hatte er den Gedanken, mich von dem Missionar fernzuhalten, der mir als Dolmetscher dienen konnte; aber ich dachte an andere Dinge. Ich dachte daran, wie er uns mit der Heirat gefoppt hatte und wie er Uma immer nachgestellt hatte; und bei seinem Anblick blähte die Wut mir die Nüstern auf.

»Pack dich fort, du gemeiner Schwindler und Dieb!« schrie ich.

»Was sagen Sie da?«

Ich wiederholte das Wort und setzte einen guten Fluch darauf. »Und wenn ich dich je binnen sechs Faden von meinem Hause erwische«, rief ich, »will ich dir eine Kugel in deinen verfaulten Leib jagen.«

»Bei Ihrem Hause müssen Sie tun, was Ihnen gut dünkt«, sagte er, »ich sagte Ihnen schon, ich denke nicht daran, dahin zu gehen; aber hier ist öffentlicher Weg und Ort.«

»Hier ist ein Ort, wo ich selber was für mich zu tun habe! Es paßt mir nicht, daß ein Hund wie du hier herumschnüffelt. Und ich sage dir: Pack dich von hier fort!«

»Ich denke nicht daran.«

»Dann will ich dir helfen.«

»Das wollen wir erst mal sehen!«

Er war flink mit seinen Händen, aber er hatte weder meine Größe noch mein Gewicht, denn er war im Vergleich mit mir nur ein spärliches Kerlchen; außerdem war meine Wut siedendheiß, und mir war alles einerlei. Ich gab ihm erst meine rechte Faust zu schmecken und dann meine linke; ich konnte es in seinem Schädel rasseln hören, und er fiel nieder wie ein Ochse.

»Hast du genug?« schrie ich. Aber er sah mich nur mit weißem Gesicht an, und das Blut strömte von seinem Gesicht herunter wie Wein auf ein Tischtuch. »Hast du genug?« brüllte ich wieder. »Sprich! und liege hier nicht herum und winsle oder du kriegst Fußtritte!«

Hierauf richtete er sich auf und hielt sich den Kopf – und ich konnte ihm ansehen, daß ihm drin alles rundherum ging – und das Blut strömte auf seinen Pyjama.

»Für diesmal hab' ich genug«, sagte er, krabbelte auf seine Füße und ging den Weg zurück, den er zuvor gekommen war.

Das Boot war dicht am Ufer; ich sah, daß der Missionar sein Buch auf die Seite gelegt hatte, und lachte leise vor mich hin und dachte: »Jedenfalls wird er jetzt wissen, daß ich ein Mann bin.«

Es war das erste Mal in all den Jahren, die ich im Pazifik erlebt hatte, daß ich zwei Worte mit einem Missionar gesprochen hatte, geschweige denn, daß ich einen um eine Gefälligkeit gebeten hatte. Ich mag die Leute nicht, kein Händler mag sie; sie sehen von oben herab auf uns nieder und machen gar kein Hehl daraus; außerdem sind sie zum guten Teil kanakisch geworden und halten es mit den Eingeborenen, anstatt mit anderen weißen Männern, wie sie selber sind. Ich trug einen Anzug von sauberem gestreiftem Flanell; denn natürlich hatte ich mich anständig angezogen, als ich zu den Häuptlingen ging. Als ich aber den Missionar aus dem Boot steigen sah in seinem weißleinenen Priesteranzug, mit Tropenhelm, weißem Hemd, weißer Halsbinde und gelben Schuhen an den Füßen, da hätte ich vor Ärger Steine nach ihm werfen mögen. Als er näher kam und mich recht neugierig musterte – wohl wegen der Boxerei – , da sah ich, daß er todkrank aussah; er hatte nämlich ein Fieber im Leibe und hatte im Boot gerade einen Frostschauer gehabt.

»Herr Tarleton, glaube ich?« sagte ich; denn ich hatte seinen Namen erfahren.

»Und Sie sind wohl der neue Händler?« sagte er.

»Vor allen Dingen möchte ich Ihnen sagen, daß ich nichts von Missionen halte«, fuhr ich fort, »und daß ich Sie und Ihresgleichen nicht gern sehe, denn Sie trichtern den Eingeborenen Altweibergeschichten ein und machen sie aufgeblasen.«

»Sie sind vollkommen berechtigt, Ihre Meinungen zu äußern«, sagte er und sah mich dabei ein bißchen unfreundlich an, »aber es ist nicht meine Sache, sie anzuhören.«

»Es trifft sich aber so, daß Sie sie doch hören müssen. Ich bin kein Missionar und kein Freund von Missionaren, ich bin kein Kanake und kein Begünstiger von Kanaken – ich bin ganz einfach ein Händler; ich bin ganz einfach ein gewöhnlicher, ungebildeter, gottverdammter weißer Mann und britischer Untertan, einer von der Sorte, an denen Sie gerne Ihre Stiefel abwischen möchten. Ich hoffe, das ist deutlich!«

»Jawohl, mein Mann. Es ist mehr deutlich als erfreulich. Wenn Sie nüchtern sind, wird es Ihnen leid tun.«

Er versuchte an mir vorbeizugehen, aber ich hielt ihn mit meiner Hand zurück. Die Kanaken begannen zu murren. Vermutlich gefiel mein Ton ihnen nicht; denn ich sprach zu dem Mann so frei heraus, wie ich jetzt zu Ihnen spreche.

»Nun, Sie können nicht sagen, ich hätte Ihnen etwas vorgelogen«, sagte ich, »und so kann ich fortfahren: Ich brauche von Ihnen einen Dienst – richtiger zwei Dienste; und wenn Sie so gut sein wollen, mir die zu leisten, werde ich vielleicht eine bessere Meinung von dem haben, was Sie Ihr Christentum nennen.«

Er war einen Augenblick still. Dann lächelte er und sagte:

»Sie sind eigentlich ein recht sonderbarer Mensch.«

»Ich bin so ein Mensch, wie Gott mich geschaffen hat; ich gebe mich nicht für einen Gentleman aus.«

»Darüber habe ich noch keine so sichere Meinung. Und was kann ich für Sie tun, Herr –?«

»Wiltshire«, sagte ich, »gewöhnlich nennt man mich Welsher; aber Wiltshire wird mein Name geschrieben, und so sollte er gesprochen werden, wenn die Leute am Strand nur ihre Zungen daran gewöhnen könnten. Und was ich wünsche? Hm, zuerst will ich Ihnen das erste sagen: Ich bin, was Sie einen Sünder nennen – was ich einen Schuft nenne –, und ich möchte, daß Sie mir helfen, es mit einer Person in Ordnung zu bringen, die ich betrogen habe.«

Er drehte sich um und sprach mit seiner Bootsmannschaft kanakisch und sagte dann zu mir:

»So, jetzt stehe ich Ihnen zu Diensten – aber nur so lange, wie meine Mannschaft zu Mittag ißt; ich muß vor dem Abend noch weiter nach unten an die Küste. Ich wurde bis heute früh in Papa-Malula aufgehalten und habe auf morgen abend eine Verabredung in Fale-alii.«

Ich ging schweigend nach meinem Hause zu vor ihm her und war recht mit mir selber zufrieden über die Art und Weise, wie ich das Gespräch geführt hatte, denn ich meine, ein Mann soll seine Selbstachtung hochhalten.

»Es tat mir leid, daß ich Sie sich prügeln sah«, sagte er unterwegs.

»Oh, das gehört zu der Geschichte, die ich Ihnen erzählen möchte. Das ist Dienst Nummer zwei. Wenn Sie's gehört haben, können Sie mir sagen, ob es Ihnen leid tut oder nicht.«

Wir gingen ohne Aufenthalt durch den Kaufladen, und ich bemerkte mit Überraschung, daß Uma das Eßgeschirr abgeräumt hatte. Dies war ganz gegen ihre Gewohnheiten, und ich sah, sie hatte es aus Dankbarkeit getan, und ich hatte sie um dessentwillen noch mehr lieb. Sie und Herr Tarleton begrüßten sich bei ihren Namen, und er war allem Anschein nach sehr höflich zu ihr. Aber davon hielt ich nicht viel; zu einem Kanaken können sie immer höflich sein, nur gegen uns Weiße spielen sie die großen Herren. Übrigens war dieser Tarleton mir ziemlich gleichgültig in dem Augenblick. Ich hatte mein eigenes Ziel im Sinn.

»Uma«, sagte ich, »gib uns deinen Trauschein.«

Sie sah ganz verstört aus.

»Nur zu, du kannst mir trauen. Gib ihn heraus.«

Sie hatte ihn wie gewöhnlich bei sich; ich glaube, sie hielt ihn für einen Paß zum Himmelreich und dachte, wenn sie stürbe, ohne ihn zur Hand zu haben, so würde sie in die Hölle kommen. Ich hatte nicht sehen können, wohin sie ihn das erste Mal gesteckt hatte, und konnte jetzt nicht sehen, wo sie ihn herausnahm. Dem Anschein nach war das Papier plötzlich in ihrer Hand, wie man es in den Zeitungen von den Wundergeschichten liest, die die Blavatsky[2] macht. Aber so machen es alle Weiber auf den Inseln, und ich glaube, man lehrt es sie, wenn sie jung sind.

»Nun«, sagte ich, als ich den Trauschein in der Hand hatte, »Ich wurde mit diesem Mädchen verheiratet vom Schwarzen Jack, dem Neger. Den Trauschein schrieb Case, und ich kann Ihnen sagen, es ist eine niedliche Stilübung. Seitdem habe ich herausgefunden, daß hier im Ort eine Art Verschwörung gegen dieses mein Weib ist, und solange ich sie bei mir behalte, kann ich keine Geschäfte machen. Nun, was würde jedermann an meiner Stelle tun, wenn er ein Mann wäre?« rief ich.

»Ich denke, das erste, was er tun würde, wäre *dies*!«

Und damit nahm ich den Trauschein und riß ihn entzwei und schmiß die Stücke auf den Fußboden.

»Aueh!« schrie Uma und wollte ihre Hände zusammenschlagen; aber ich ergriff ihre eine Hand und sagte:

»Und was wäre das zweite, was er tun würde, wenn er das wäre, was ich einen Mann nenne und was Sie einen Mann nennen, Herr Tarleton? Mit dem Mädel vor Sie oder einen anderen Missionar treten und ihm rundheraus sagen: ›Ich wurde mit diesem meinem Weib hier in betrügerischer Weise verheiratet, aber ich halte eine Masse von ihr und will jetzt allen Rechtens mit ihr verheiratet werden.‹ Man los, Herr Tarleton! Und ich denke, 's ist besser, wenn Sie kanakisch sprechen; das wird die alte Dame freuen!« So sprach ich und gab ihr damit auf der Stelle den richtigen Namen, den ein Mann seiner Frau geben soll.

So kamen denn zwei von der Bootsmannschaft als Zeugen herein, und wir wurden in unserem eigenen Hause zusammengegeben.

---

[2] bekannte Spiritistin

Und der Pfarrer betete ein gut Teil, muß ich sagen – aber nicht so lange wie viele tun –, und schüttelte uns beiden die Hände.

Und als er dann den Trauschein geschrieben und die Zeugen hinausgeschickt hatte, sagte er: »Herr Wiltshire, ich habe Ihnen für eine sehr große Freude zu danken, die Sie mir gemacht haben. Ich habe selten mit so schöner Rührung eine Vermählung vollzogen.«

Na, das war mal nett gesprochen. Er sagte übrigens noch eine ganze Menge in der Art, und ich hörte mit Vergnügen alles an, was er zu sagen wußte; denn mir war froh zumute. Aber Uma hatte schon während der Trauung offenbar immer einen Nebengedanken gehabt; nun konnte sie es nicht mehr aushalten und fragte:

»Wie Eure Hand bekommen Wunde?«

»Frage Cases Kopf danach, alte Dame!«

Da hüpfte sie vor Freude und jubelte laut.

»Eine besonders gute Christin haben Sie aus ihr nicht gemacht«, sagte ich zu Tarleton.

»Wir hielten sie nicht für eine von unseren Schlimmsten, als sie in Fale-alii wohnte!« sagte er. »Und wenn Uma noch einen Groll hat, so bin ich versucht, anzunehmen, sie hat guten Grund dazu.«

»Aha, hier kommen wir zu Dienst Nummer zwei!« sagte ich. »Ich möchte jetzt Ihnen unsere Geschichte erzählen und mal sehen, ob Sie ein bißchen Licht hineinbringen können.«

»Ist sie lang?« fragte er.

»Ja!« rief ich. »Es ist ein niedlich langes Garn abzuspinnen!«

»Nun, Sie sollen alle Zeit haben, die ich entbehren kann«, sagte er und sah auf seine Uhr. »Aber ich muß Ihnen offen sagen, ich habe seit heute früh um fünf Uhr nichts gegessen, und wenn Sie mir nicht etwas geben können, werde ich wahrscheinlich vor heute abend um sieben oder um acht nichts zu essen bekommen.«

»Herrgott noch mal, Sie sollen bei uns zu Mittag essen!« rief ich.

Ich kriegte selber einen kleinen Schreck über mein Fluchen gerade in diesem Augenblick, wo alles in Ordnung zu kommen schien;

der Missionar, glaube ich, ebenfalls, aber er tat, wie wenn er aus dem Fenster sähe, und dankte uns.

Wir machten ihm also ein bißchen Essen zurecht. Ich mußte meine alte Dame dabei mitwirken lassen, denn sie war stolz darauf, und so übertrug ich denn ihr die Aufgabe, den Tee zu brauen. Ich glaube, einen solchen Tee, wie sie zustande brachte, habe ich in meinem Leben nicht gesehen. Aber das war noch nicht das Schlimmste, denn sie machte sich über das Salzfaß her, da sie Salz für ein besonders kostbares Gewürz für einen Europäer hielt, und machte auf diese Weise aus meiner Brühe Meerwasser. Alles in allem genommen, kriegte Herr Tarleton einen höllischen Fraß; aber er hatte viel Unterhaltung als Zugabe, denn während der ganzen Zeit, da wir kochten, und nachher, als er so tat, als ob er äße, erzählte ich ihm die Geschichte von Meister Case und dem Strand von Falesá, und er stellte dabei Fragen, aus denen ich sah, daß er genau aufpaßte.

»Hm«, sagte er zuletzt, »ich fürchte, Sie haben einen gefährlichen Feind. Dieser Case ist sehr schlau und scheint in der Tat ein bösartiger Schuft zu sein. Ich muß Ihnen sagen, daß ich schon seit fast einem Jahr ein Auge auf ihn habe und daß ich nicht besonders gut dabei weggekommen bin, als wir zusammenstießen. Ungefähr um die Zeit, als der letzte Vertreter Ihrer Firma so plötzlich davonlief, bekam ich einen Brief von dem Kanakenpastor Namu: Er bat mich, sobald es mir paßte, nach Falesá zu kommen, denn seine Gemeinde ›nehme katholische Bräuche an‹. Ich hatte großes Vertrauen zu Namu; ich fürchte, das zeigt nur, wie leicht wir uns täuschen lassen. Man konnte ihn nicht predigen hören, ohne überzeugt zu sein, daß er ein Mensch von außergewöhnlicher Begabung sei. Alle unsere Insulaner lernen leicht eine Art Beredsamkeit und können dann mit vieler Kraft und Phantasie Predigten herleiern, die sie aus zweiter Hand haben; aber Namu macht seine Predigten selber, und ich kann nicht leugnen, daß ich sie als wirksame Gnadenmittel angesehen habe. Zudem hat er eine scharfe Aufmerksamkeit für weltliche Angelegenheiten, scheut sich nicht vor Arbeit, ist ein geschickter Zimmermann und hat sich unter den Pastoren der Nachbarschaft so großen Respekt verschafft, daß wir ihn im Scherz, der aber halb und halb Ernst ist, den Bischof des Ostens nennen. Kurz und gut, ich war stolz auf den Mann; um so mehr gab sein Brief mir zu denken, und ich ergriff eine Gelegenheit, um hierherzukommen. Am Morgen vor meiner Ankunft war Vigours an Bord der ›Lion‹ gegangen, und Namu war vollkommen beruhigt, schämte sich offenbar wegen seines Briefes und hatte gar keine Lust, mir diesen zu erklären. Das konnte ich ihm natürlich nicht so hingehen lassen, und schließlich beichtete er mir denn auch, es habe ihm große Sorgen gemacht, daß seine Leute auf katholische Weise das Kreuz schlügen; seitdem habe er aber die Erklärung dafür erhalten und sei jetzt vollkommen darüber beruhigt. Vigours habe nämlich den ›Bösen Blick‹ gehabt – eine Eigenschaft, die in einem Lande Europas, genannt Italien – häufig vorkomme, wo oftmals Menschen von dieser Art von Teufeln getötet würden, und wie es scheine, sei das Zeichen des Kreuzes ein Zaubermittel gegen den ›Bösen Blick‹.

›Und ich erkläre es mir, Misi‹, sagte Namu, ›auf diese Weise: Dieses Land in Europa ist ein papistisches Land, und der Teufel des Bösen Blicks mag wohl ein katholischer Teufel sein oder wenigstens mit katholischen Bräuchen Bescheid wissen. Ich überlegte mir also folgendes: Wenn dieses Zeichen des Kreuzes auf papistische Art gebraucht würde, dann würde es sündhaft sein; wenn es aber nur angewandt wird, um Menschen vor einem Teufel zu beschützen, der an und für sich ein harmloses Ding ist, dann muß auch das Zeichen harmlos sein; geradeso wie eine Flasche, die weder gut noch böse ist. Denn das Zeichen ist weder gut: noch böse. Aber wenn die Flasche voll von Gin ist, dann ist der Gin böse; und wenn das Zeichen in Götzendienerei böse gemacht wird, so ist auch die Götzendienern böse.‹ Und wie man von einem Kanakenpastor erwarten kann, hatte er auch gleich einen Bibelspruch über die Austreibung von Teufeln zur Hand.

›Und wer hat Euch von dem Bösen Blick erzählt?‹ fragte ich ihn.

Er gestand, das habe Case getan. Nun, ich fürchte, Sie werden mich für sehr engherzig halten, Herr Wiltshire – aber ich muß Ihnen sagen: Das gefiel mir nicht, und ich kann überhaupt einen Händler nicht für den richtigen Mann halten, meinen Pastoren Rat zu geben oder Einfluß auf sie auszuüben. Außerdem war so ein Gerede im Lande gewesen über den alten Adams und daß er vergiftet worden sei; ich hatte nicht viel darauf geachtet, aber in diesem Augenblick kam es mir wieder ins Gedächtnis, und ich fragte Namu:

›Und führt denn dieser Case ein erbauliches Leben?‹

Er gab zu, daß dies nicht der Fall sei; denn wenn er auch nicht trinke, so sei er ausschweifend mit Weibern und habe keine Religion.

›Dann‹, sagte ich zu ihm, ›ist meine Meinung: Je weniger Ihr mit ihm zu tun habt, desto besser!‹

Aber es ist nicht so leicht, einem Mann wie Namu gegenüber das letzte Wort zu behalten. Er hatte im Nu wieder ein Gleichnis zur Hand und sagte: ›Misi, Sie haben mir gesagt, es gebe weise Männer, keine Pastoren, nicht einmal fromme Männer, die manche nützlichen Dinge wissen – zum Beispiel über Baumpflege und Viehzucht und wie man Bücher druckt und wie man Steine verbrennt, aus denen man dann Messer machen kann. Solche Männer unterrichten Sie auf Ihrer Universität; Sie lernen von ihnen, aber hüten sich davor, von ihnen zu lernen, wie man unfromm wird. Misi Case ist meine Universität!‹

Ich wußte nicht, was ich dazu sagen sollte. Vigours war offenbar durch Meister Cases Machenschaften von Falesa vertrieben worden, und es war nicht unwahrscheinlich, daß mein Pastor dabei mitgewirkt hatte. Es fiel mir ein, daß Namu mich wegen des alten Adams beschwichtigt hatte; er hatte das Gerücht auf den Groll des katholischen Priesters geschoben. Und ich sah, daß ich mich gründlicher aus einer unverdächtigen Quelle unterrichten mußte. Nun ist ein alter schurkischer Häuptling hier, Faiaso; vermutlich haben Sie ihn heute bei der Beratung gesehen; der ist sein ganzes Leben lang ein unruhiger, hinterlistiger Mensch gewesen, ein großer Aufruhranstifter, ein Unglück für die Insel und ein wahrer Dorn im Fleisch der Mission. Bei alledem ist er sehr schlau und sagt auch die Wahrheit, sofern nicht Politik oder seine eigenen schlimmen Streiche in Betracht kommen. Ich ging zu ihm in sein Haus, sagte ihm, was ich gehört hatte, und bat ihn, aufrichtig zu sein. Ich glaube, es war die peinlichste Unterredung, die ich in meinem ganzen Leben gehabt habe. Vielleicht werden Sie mich verstehen, Herr Wiltshire, wenn ich Ihnen sage, daß ich es vollkommen ernst nehme mit diesen ›Altweibergeschichten‹, die Sie mir vorwarfen, und daß ich es mit diesen Inseln so aufrichtig wohl meine, wie Sie selber nur bemüht sein können, Ihrer reizenden jungen Frau zu gefallen und sie zu beschützen. Und Sie müssen nicht vergessen, daß ich Namu für einen Mustermenschen hielt und stolz auf den Mann war, der eine von den ersten reifen Früchten der Mission war. Und nun mußte ich erfahren, daß er in eine Art Abhängigkeit von Case geraten war! Aus den Anfängen der Verbindung war ihm kein Vorwurf zu machen; sie begann zweifellos damit, daß Case durch Gaukeleien und listige Reden Namu in Furcht und Respekt versetzt hatte. Zu meinem Entsetzen aber mußte ich finden, daß in der letzten Zeit noch etwas anderes hinzugetreten war: daß nämlich Namu reichliche Einkäufe in dem Laden gemacht hatte und nach der allgemeinen Ansicht bei Case tief in Schuld stand. Jedes Wort, das der Händler sagte, glaubte Namu mit Zittern und Zagen. Und in dieser Beziehung stand er nicht allein; viele im Dorfe lebten in gleicher Abhängigkeit von Case; aber Namus Fall war der einflußreichste, durch Namu hatte Case am meisten Unheil angerichtet; da er eine gewisse Gefolgschaft unter den Häuptlingen und da er außerdem den Pastor in seiner Tasche hatte, war der Mann so gut wie Herr im Dorf. Sie wissen einiges über Vigours und Adams, aber vielleicht haben Sie niemals was vom alten Underhill gehört, dem Vorgänger von Adams. Der war ein ruhiger, sachter, alter Knabe, wie ich mich erinnere, und plötzlich hörten wir, er sei gestorben: .Weiße sterben in Falesa sehr plötzlich. Die Wahrheit, wie ich sie jetzt hörte, machte mir das Blut erstarren. Wie es scheint, wurde er plötzlich von einer gänzlichen Lähmung betroffen; der ganze Mann war tot, außer seinem einen Auge, mit dem er beständig zwinkerte. Das Gerede ging, der hilflose alte Mann sei jetzt ein Teufel, und dieser gemeine Kerl, der Case, machte den Eingeborenen noch mehr Angst, indem er tat, als ob er ebenfalls Furcht hätte, und behauptete, er wage nicht allein in das Haus zu gehen. Schließlich wurde ein Grab gemacht und der lebende Mensch hineingelegt; dies geschah am äußersten Rand des Dorfes. Namu, mein Pastor, bei dessen Erziehung ich selber mitgeholfen hatte, sprach freiwillig ein Gebet bei diesem scheußlichen Vorgang!

Ich fühlte mich selber in einer sehr schwierigen Lage. Vielleicht wäre es meine Pflicht gewesen, Namu anzuzeigen und für seine Absetzung zu sorgen. Vielleicht denke ich jetzt so; aber damals schien das nicht so ganz klar zu sein. Er hatte großen Einfluß, der sich möglicherweise als stärker erweisen konnte als der meinige.

Die Eingeborenen sind zum Aberglauben geneigt; wenn ich diesen aufrührte, hätte ich möglicherweise die gefährlichen Wahngedanken nur verstärkt und weiterverbreitet. Abgesehen davon war Namu, bevor er unter diesen neuen, schlimmen Einfluß geriet, ein guter Pastor, ein geschickter Mensch und ein kluger Kopf. Woher sollte ich einen besseren nehmen; wie konnte ich auch nur einen ebenso guten finden? In jenem Augenblick, unter dem frischen Eindruck von Namus Verfehlung, erschien meine ganze Lebensarbeit als eine Narretei; jede Hoffnung war tot in mir. Lieber wollte ich die Werkzeuge, die ich hatte, ausbessern, als mich auf die Suche nach anderen machen, die sich sicherlich als noch schlechter erwiesen hätten; auch ist ein Ärgernis im besten Fall etwas, was man vermeiden soll, wenn es menschenmöglich ist. Mochte es also recht oder unrecht sein – genug, ich beschloß, ganz in aller Ruhe vorzugehen. Jene ganze Nacht hindurch nahm ich den in Irrtum verfallenen Pastor ins Gebet; ich überführte ihn seiner Unwissenheit und seines Mangels an Glauben, ich machte ihm klar, wie arg er sich benommen hätte, indem er mit verhärtetem Gemüt bei einem Mord mitgeholfen hätte, bloß weil er wie ein Kind vor ein paar Augenbewegungen eines vom Schlag getroffenen Kranken Angst gehabt hätte. Und lange bevor der Tag anbrach, hatte ich ihn auf seinen Knien, in die Tränen einer dem Anschein nach aufrichtigen Reue gebadet. Am Sonntagmorgen stieg ich auf die Kanzel und predigte aus Erste Könige neunzehn, über das Feuer, das Erdbeben und die Stimme, wies dabei auf die wirkliche geistige Kraft hin und bezog mich so deutlich, wie ich es wagen durfte, auf neuerdings vorgekommene Ereignisse in Falesá. Die Wirkung, die ich hervorrief, war groß, und sie wurde noch sehr verstärkt, als nun Namu aufstand und bekannte, er habe des Glaubens ermangelt, habe gefehlt und schwere Sünde begangen. Soweit war ja nun alles gut; aber ein unglücklicher Umstand war dabei: Die Zeit unserer ›Ernte‹ war nahe, nämlich die Zeit, in der die Beiträge der Eingeborenen für die Missionen in Empfang genommen werden. Es war meine Amtspflicht, hierauf hinzuweisen, und dies gab meinem Feinde eine Gelegenheit, die er sich flink zunutze machte.

Die Nachricht von dem ganzen Vorgang muß Case überbracht worden sein, sobald die Kirche aus war, und an demselben Nachmittag noch führte er eine Gelegenheit herbei, mir mitten im Dorf auf der Straße zu begegnen. Er ging mit solcher Entschlossenheit und Kühnheit auf mich zu, daß ich fühlte, es würde meinem Werk Schaden bringen, wenn ich ihm auswiche.

›Aha!‹ sagte er auf kanakisch. ›Hier ist der heilige Mann! Er hat gegen mich gepredigt, aber das kam ihm nicht aus dem Herzen. Er hat über die Liebe zu Gott gepredigt; aber das hatte er nicht in seinem Herzen, das hatte er zwischen seinen Zähnen. Wollt ihr wissen, was in seinem Herzen war?‹ rief er. ›Ich will es euch zeigen!‹ Und damit schnippte er mit den Fingern nach meinem Kopf, tat, wie wenn er einen Dollar aus diesem herauszöge, und hielt ihn hoch in die Luft.

Durch die Menge ging jenes Raunen, mit dem die Polynesier immer ein Wunder aufnehmen. Ich selber stand ganz verblüfft da. Es war ein ganz gewöhnlicher Taschenspielertrick, wie ich ihn daheim Dutzende von Malen gesehen habe; aber wie sollte ich die Dörfler davon überzeugen? Ich wünschte, ich hätte statt hebräisch Taschenspielerei gelernt, um den Burschen mit seiner eigenen Münze auszahlen zu können. Aber da stand ich nun; schweigen durfte ich nicht, und das beste, was ich zu sagen fand, war schwach. Endlich sagte ich:

›Ich möchte Sie ersuchen, mich nicht wieder anzurühren!‹

›Ich denke nicht daran‹, rief er, ›und ich will Sie auch nicht Ihres Dollars berauben. Da ist er!‹ Damit warf er ihn mir vor die Füße. Ich habe gehört, der Dollar lag noch nach drei Tagen auf derselben Stelle.«

»Ich muß sagen, der Streich war geschickt gemacht!« sagte ich.

»Oh, schlau ist er!« sagte Tarleton. »Sie können nun selber sehen, wie gefährlich er ist. Er war beteiligt an dem greulichen Tod des Gelähmten; er wird beschuldigt, Adams vergiftet zu haben; Vigours trieb er von hier fort durch Lügen, die vielleicht zu einem Morde hätten führen können; und es ist kein Zweifel daran, daß er jetzt beschlossen hat, sich Sie vom Halse zu schaffen. Wie er das anzufangen gedenkt, davon haben wir keine Ahnung; aber Sie können sicher sein, es ist irgend etwas Neues. Seine Fixigkeit und Erfindungsgabe sind unendlich.«

»Er tut selber so, wie wenn er in Sorgen sei«, sagte ich, »was mag das eigentlich für einen Zweck haben?«

»Nun, wie viele Tonnen Kopra mögen wohl in diesem Bezirk geerntet werden?« fragte der Missionar.

»Ich denke, mindestens sechzig Tonnen.«

»Und welchen Verdienst hat dabei der Händler am Ort?«

»Sie können annehmen: drei Pfund an der Tonne.«

»Dann können Sie sich selber ausrechnen, für wieviel er es tut«, sagte Herr Tarleton. »Aber wichtiger ist jetzt für uns die Frage, wie wir ihn schlagen können. Es ist klar, daß er irgendein Gerücht gegen Uma ausgesprengt hatte, um sie zu vereinsamen und dann sein sündiges Gelüste an ihr zu befriedigen. Dies mißlang ihm, und als er nun einen neuen Nebenbuhler auf dem Schauplatz erscheinen sah, benutzte er Uma auf andere Weise. Die Hauptsache ist nun, daß wir herausbringen, wie es mit Namu steht. Uma – als die Leute begannen, dir und deiner Mutter auszuweichen, was tat Namu da?«

»Bleiben weg ebenso«, sagte Uma.

»Ich fürchte, der Hund hat sich wieder über seinen ausgespienen Fraß hergemacht«, sagte Tarleton, »Und nun – wie soll ich Ihnen helfen? Ich will mit Namu sprechen, ich will ihn warnen und ihm sagen, daß er beobachtet wird; es wäre seltsam, wenn er hier etwas Unrechtes geschehen ließe, nachdem er eine solche Warnung erhalten hat. Dabei dürfen wir aber nicht vergessen, daß diese Maßregel vielleicht fehlschlägt, und dann müssen Sie sich anderswohin wenden. Sie haben hier zwei Leute zur Hand, an die Sie sich wenden können. Das ist vor allen Dingen zuerst der Priester, der Sie vielleicht im katholischen Interesse beschützt; die Katholiken sind eine kümmerliche kleine Gemeinde, aber sie zählen zwei Häuptlinge zu den ihren. Dann ist da der alte Faiaso. Ah! Wäre es ein paar Jahre früher gewesen, dann hätten Sie überhaupt keinen anderen gebraucht! Aber sein Einfluß ist sehr geschwunden, ist auf Maea übergegangen, und Maea ist, fürchte ich, einer von Cases Schakalen. Sollte es zum Allerschlimmsten kommen, so müßten Sie Botschaft nach Fale-alii schicken oder selber kommen; ich komme zwar nach diesem Ende der Insel erst in einem Monat, aber ich will sehen, was zu machen ist.«

Damit nahm Herr Tarleton Abschied, und eine halbe Stunde später sang die Mannschaft und blitzten die Ruder im Missionsboot.

Teufelswerk

Beinah ein Monat ging dahin, ohne daß viel geschah. Am Abend unseres Hochzeitstages sprach Galoshes vor und war ungeheuer höflich, und von da an gewöhnte er sich, so gegen die Dunkelheit mal hereinzuschauen und bei uns seine Pfeife zu rauchen. Mit Uma konnte er sich natürlich unterhalten; er begann auch mich Französisch und die Eingeborenensprache zu lehren. Er war ein freundlicher alter Knabe, obgleich der dreckigste Mensch, den zu sehen man sich wünschen könnte, und er stopfte mich mit fremden Sprachen voll, daß mir schlimmer zumute war, als wenn ich beim Turmbau zu Babel gewesen wäre.

So hatten wir denn wenigstens eine Beschäftigung, und ich fühlte infolgedessen meine Einsamkeit weniger; aber einen geschäftlichen Nutzen hatte ich nicht davon, denn obwohl der Priester kam und bei uns saß und klönte, konnte keiner von seinen Leuten dazu verlockt werden, in meinen Kaufladen zu kommen; und hätte ich nicht noch eine zweite Beschäftigung für uns ausgesonnen, so hätte ich überhaupt kein Pfund Kopra ins Haus bekommen. Die Sache war so: Fa'avao (Umas Mutter)hatte ein paar Dutzend ertragreiche Bäume. Natürlich konnten wir keine Arbeiter bekommen, da wir so gut wie unter Tabu standen, und die beiden Frauen und ich gingen daran und machten Kopra mit unseren eigenen Händen. Es war eine Kopra, daß einem der Mund wässern konnte, als sie fertig war – ich hatte niemals geahnt, wie sehr die Eingeborenen mich betrogen hatten, bis ich diese vierhundert Pfund mit meiner eigenen Hand gemacht hatte – und die Kopra wog so leicht, daß ich Lust bekam, sie selber zu wässern.

Als wir bei der Arbeit waren, pflegten eine Menge Kanaken stundenlang uns zuzusehen; einmal kam auch der Nigger. Er stand hinten bei den Eingeborenen und lachte und spielte den großen Mann und den lustigen Hund, bis mir eine Laus über die Leber kroch und ich sagte:

»Höre, du Nigger!«

»Ich verkehre nicht mit Ihnen, Herr!« sagte der Nigger. »Spreche nur mit Gentlemen.«

»Ich weiß. Aber zufällig habe ich Sie angeredet, Herr Schwarzer Jack. Und ich möchte weiter nichts wissen als dies: Sahen Sie Cases Visage vor ungefähr einer Woche?«

»Nö, Herr.«

»Na, dann will ich dir das Gegenstück dazu zeigen, bloß in schwarzer Couleur, und zwar binnen zwei Minuten.«

Und damit begann ich ganz langsam und mit herabhängenden Händen auf ihn zuzugehen; nur in meinen Augen hätte einer was sehen können, wenn er sich die Mühe genommen hätte, darauf zu achten.

»Sie sind ein gemeiner Krakeeler, Herr!« sagt der Nigger.

»Na und ob!« sage ich.

Inzwischen dachte er, ich sei nun wohl so nahe, wie er wünschen könnte, und er riß aus – Sie hätten eine Freude dran gehabt, zu sehen, wie er loszog! Und das war alles, was ich von der feinen Gesellschaft sah, bis ich das erlebte, was ich Ihnen jetzt erzählen werde.

Es war in jenen Tagen eine meiner Hauptbeschäftigungen, mit meiner Flinte in den Wäldern herumzupirschen, die ich – wie Case mir ganz richtig gesagt hatte – sehr wildreich fand. Ich erwähnte bereits das Vorgebirge, das das Dorf und meine Station von der Ostseite der Insel trennt. Ein Fußweg ging ungefähr bis an das Ende des Kaps und führte dann nach der nächsten Bucht. Hier wehte täglich ein starker Wind, und da die Reihe der Uferklippen am Ende des Kaps aufhörte, so stand in der Bucht eine schwere Brandung. Ein kleiner Felsenhügel trennte das Tal in zwei Teile und reichte bis dicht an den Strand, und bei Hochwasser brach die See sich gerade an diesem Felsen, so daß dann jeder Verkehr zu Fuß unmöglich war. Waldberge schlossen diesen Ort von allen Seiten ein. Die Barriere nach Osten zu war ganz besonders steil und dicht bewaldet; ihr unterer Teil, am Meer entlang, bestand aus nackten schwarzen, rotgestreiften Felsen, der obere Teil aber war dicht bewachsen mit großen Bäumen. Einige von diesen Bäumen waren leuchtend grün, einige rot, und der Sand am Strande war so schwarz wie Ihre Schuhe. Zahlreiche Vögel hausten an der Bucht, einige von ihnen schneeweiß, und der fliegende Fuchs (oder Vampir) flog da am hellen Tage herum und fletschte seine Zähne.

Lange Zeit pirschte ich immer nur bis an diesen Ort und ging nicht weiter. Jenseits war keine Spur von einem Fußwege, und die Kokospalmen auf dem Grunde des Tales waren die letzten nach dieser Richtung zu. Denn das ganze Auge der Insel, wie die Kanaken das Luvende nennen, war öde. Von Falesa an bis ungefähr nach Papamalulu war kein Haus, kein Mensch, kein gepflanzter Fruchtbaum; und da Klippen fast ganz fehlten, der Strand also ungeschützt lag, schlug die See gegen das Ufer an, und es war kaum ein Landungsplatz vorhanden.

Nun sollte ich Ihnen sagen, daß ich, als ich in den Wäldern zu streifen begonnen hatte, Leute genug fand, die nichts dagegen hatten, mit mir zu schwatzen, wo niemand sie sehen konnte; meinem Kaufladen kam allerdings niemand nahe. Da ich nun schon begonnen hatte, etwas von der Eingeborenensprache aufzuschnappen und die meisten von ihnen ein paar Worte Englisch konnten, ließ sich schon eine kleine Unterhaltung zusammenstoppeln; viel Zweck hatte dies Geplauder natürlich nicht, aber es benahm mir doch das unangenehme Gefühl – denn es ist eine erbärmliche Sache, wie ein Aussätziger behandelt zu werden.

Nun saß ich eines Tages gegen Ende des Monats an dieser Bucht am Waldsaume mit einem Kanaken. Ich hatte ihm eine Pfeife voll Tabak gegeben, und wir plauderten miteinander, so gut es ging; er konnte wirklich mehr Englisch als die meisten von den Leuten.

Ich fragte ihn, ob denn kein Weg nach dem Osten zu gehe.

»Eine Zeit ein Weg – nun er tot«, sagte er.

»Niemand er gehen darf?«

»Nicht gut! Zuviel Teufel er sein da.«

»Oho! Sind da viele Teufel im Busch?«

»Mannteufel, Weibteufel; zuviel Teufel«, sagte mein Freund. »Sein da alle Zeit. Mensch er gehen da hinein, nicht kommen wieder.«

Ich dachte: Wenn dieser Bursche so gut mit Teufeln Bescheid wußte und so offenherzig davon erzählte, was nämlich selten ist, so wäre es gut, wenn ich ein bißchen über mich selbst und Uma aus ihm herausbringen könnte. Ich fragte ihn also:

»Du denken mich einen Teufel?«

»Nicht denken Teufel«, sagte er beschwichtigend. »Das denken nur Dumme.«

»Uma sie Teufel?« fragte ich wieder.

»Nein, nein, nicht Teufel. Teufel sein im Busch«, sagte der Jüngling.

Ich blickte vor mich hin über die Bai hinüber und sah, wie das herabhängende Laub der Waldbäume sich plötzlich öffnete, und Case, mit einem Gewehr in der Hand, trat in den Sonnenschein auf dem schwarzen Strand. Er trug einen hellen, beinahe weißen Flanellanzug, seine Flinte blitzte, er war eine mächtig auffallende Erscheinung, und die Landkrabben strebten rund um ihn herum auf ihre Löcher zu.

»Hallo, Freund!« rief ich. »Du doch nicht sprechen wahr. Ese er gehen, Ese er kommen wieder.«

»Ese nicht wie andere; Ese *Tiapolo!*« sagte mein Freund, und dann schlich er sich mit einem »Leben wohl!« davon.

Ich beobachtete Case auf seinem ganzen Weg rund um die Bucht, denn es war Ebbe und das Wasser niedrig; und ich ließ ihn auf dem Heimweg nach Falesa an mir vorbeigehen. Er war in tiefen Gedanken, und die Vögel schienen das zu wissen, denn sie hüpften ganz nahe um ihn herum auf dem Sande oder flatterten um seinen Kopf und schrien ihm in die Ohren. Als er an mir vorüberkam, konnte ich an den Bewegungen seiner Lippen sehen, daß er mit sich selber sprach, und – was mich mächtig freute – er trug auf seiner Stirn noch die Hausmarke meiner Faust. Ich sage Ihnen ganz offen: Ich hatte Lust, ihm eine Flinte voll in seine üble Schnauze zu geben, aber ich überlegte es mir dann besser.

Die ganze Zeit über, und während ich ihm heimwärts nachging, wiederholte ich mir das kanakische Wort; ich merkte es mir mit dem Satz: Polly, put the kettle on and make us all some tea – te-a-pollo.

»Uma«, sagte ich, als ich nach Hause kam, »was bedeutet Tiapolo?«

»Teufel.«

»Ich dachte, ›Aitu‹ sei das Wort dafür.«

»Aitu andere Sorte Teufel; sein im Busch, fressen Kanake. Tiapolo groß Teufelhäuptling, bleiben zu Hause; sein Christenteufel.«

»Na, damit bin ich auch noch nicht weiter. Wie kann Case Tiapolo sein?«

»Nicht so! Ese gehören Tiapolo; Tiapolo aussehen wie Ese; Ese wie sein Sohn. Wenn Ese er wünschen was, Tiapolo er machen es.«

»Das ist mächtig bequem für Ese! Und was für Dinge macht er denn für ihn?«

Na, da kam ja nun eine ganze Litanei von allen möglichen Geschichten zum Vorschein. Viele von diesen – wie die von dem Dollar, den er Herrn Tarleton aus dem Kopf holte – waren mir vollkommen klar, andere aber konnte ich mir nicht zusammenreimen; und das, was die Kanaken am meisten überraschte, wunderte mich am wenigsten – nämlich, daß er in die Wildnis unter all die Aitus ginge. Indessen hatten ihn einige der Kühnsten begleitet und ihn mit den Toten sprechen und ihnen Befehle geben hören und waren, dank seinem Schutz, unversehrt zurückgekommen. Einige sagten, er habe eine Kirche da, in der er Tiapolo anbete, und Tiapolo erscheine ihm; andere schworen darauf, Hexerei sei überhaupt nicht dabei, sondern er wirke seine Wunder nur durch die Macht des Gebetes, und die Kirche sei keine Kirche, sondern ein Gefängnis, in das er einen gefährlichen Aitu gebannt habe. Namu war einmal mit ihm im Busch gewesen und hatte nach seiner Rückkehr Gott um dieser Wunder willen gepriesen. Aus alledem begann mir über Cases hohe Stellung und über die Mittel, durch die er dazu gekommen war, ein Schimmer aufzugehen, und obgleich ich sah, er würde für mich eine harte Nuß zu knacken sein, war ich keineswegs mutlos.

»Na, schön! Ich will mir selber mal Meister Cases Kirche ansehen, und dann wollen wir feststellen, wie es mit der Lobpreisung Gottes wegen der Wunder steht.«

Hierüber bekam Uma eine fürchterliche Angst; wenn ich in den dichten Busch ginge, würde ich niemals wieder heimkommen; niemand könne da hineingehen, wenn er nicht unter Tiapolos Schutz stände.

»Ich will es daraufhin riskieren, daß ich unter Gottes Schutz stehe!« sagte ich. »Ich bin ein ganz braver Bursche, Uma, wie Menschen nun mal sind, und ich denke, der liebe Gott wird mir durchhelfen.«

Sie war eine Weile still und sagte dann, mächtig feierlich: »Ich denken.« Und dann rief sie plötzlich: »Viktoriia sie große Häuptling?«

»Na und ob!«

»Sie dich viel gern haben?« fragte sie.

Ich sagte ihr mit einem Grinsen, ich glaube, die alte Dame halte recht große Stücke auf mich.

Da sagte sie: »Nun schön und gut. Viktoriia sie große Häuptling, dich viel gern haben. Nicht können helfen dir hier in Falesa; zu weit weg. Maea er kleine Häuptling – sein hier. Wenn nun er dich viel gern haben – er dir helfen. Ebenso Gott und Tiapolo. Gott, er große Häuptling – zu viel zu tun haben. Tiapolo er kleine Häuptling – er viel gern haben sich zeigen, sich viel Mühe geben.«

»Ich werde dich Herrn Tarleton in Arbeit geben müssen! Deine Theologie ist etwas aus dem Leim!«

Wir sprachen aber über diese Geschichte den ganzen Abend, und über all den Fabeln, die sie mir von der Wildnis und ihren Gefahren erzählte, wurde sie vor Angst beinah verrückt. Natürlich erinnere ich mich kaum des vierten Teils der Geschichten, denn ich gab wenig auf sie; aber zwei davon fallen mir doch heute wieder ein.

Ungefähr sechs Meilen die Küste weiter aufwärts ist eine vor dem Wind geschützte Bucht, Fanga-anaana genannt, das bedeutet: der Hafen voll von Höhlen. Ich habe sie selber von der See her gesehen, und zwar so nahe, wie ich meine Ruderer dazu kriegen konnte, sich heranzuwagen, und es ist ein kleiner Streifen gelben Sandes. Schwarze Klippen hängen darüber, voll von schwarzen Höhlenöffnungen; große Bäume stehen auf den Klippen, und Lianen hängen von ihnen herunter, und an einer Stelle, ungefähr in der Mitte, stürzt ein großer Bach als Wasserfall herab, Na, dorthin fuhr ein Boot mit sechs jungen Männern von Falesa, ›alle viel hübsch‹, wie Uma sagte, und das war deren Unglück. Es blies ein starker Wind, die See ging hoch, und als sie auf der Höhe von Fanga-anaana waren und den weißen Wasserfall und den schattigen Strand sahen, da waren sie alle müde und durstig, und das Trinkwasser war alle. Einer von ihnen schlug vor, dort zu landen und zu trinken, und da sie waghalsige Burschen waren, stimmten sie alle ihm bei, mit Ausnahme des Jüngsten. Lotu war sein Name; er war ein sehr guter junger Gentleman und sehr vernünftig; und er stellte ihnen vor, daß sie verrückt seien, und sagte ihnen, der Ort gehöre Geistern und Teufeln und den Toten, und es seien keine lebenden Menschen da, mehr als sechs Meilen nach der einen Seite und vielleicht zwölf nach der anderen. Aber sie lachten ihn aus, und da sie fünf gegen einen waren, so ruderten sie in die Bucht, brachten das Boot an den Strand und gingen an Land. Es war ein wundervoll lieblicher Ort, erzählte Lotu, und das Wasser ausgezeichnet. Sie gingen den ganzen Strand entlang, konnten aber nirgends einen Pfad finden, der auf die Klippen hinaufführte, und das war ihnen um so angenehmer. Schließlich setzten sie sich hin, um von den Speisen zu essen, die sie mitgebracht hatten. Kaum saßen sie, so kamen aus einer von den schwarzen Höhlen heraus sechs schöne Weiber, so wunderschön, wie man sie nie zuvor gesehen hat: Sie hatten Blumen in ihren Haaren und die allerschönsten Brüste und Halsbänder von scharlachroten Bohnen; und sie begannen mit den jungen Herren zu scherzen, und die jungen Herren scherzten wieder mit ihnen – alle außer Lotu. Lotu sah, daß an solchem Ort keine lebenden Weiber sein könnten, und er lief davon und warf sich auf den Boden des Bootes, bedeckte sein Antlitz und betete. Die ganze Zeit über, während die Geschichte dauerte, lief Lotus Gebet wie ein reines Bächlein, und weiter wußte er nichts davon; dann kamen seine Freunde zurück und hießen ihn sich auf die Ruderbank setzen, und dann fuhren sie aus der Bucht wieder in die See hinaus, und von den sechs schönen Damen war nicht mehr die Rede. Am meisten aber erschrak Lotu darüber, daß kein einziger von den fünfen sich an das Geringste von dem Vorgefallenen erinnerte: Sie waren alle wie Betrunkene, sangen und lachten im Boot und trieben Possen. Der Wind frischte auf und wurde zum Sturm, und die See ging ungeheuer hoch; es war ein Wetter, daß jeder Mann von den Inseln davor geflohen und schleunigst nach Falesa heimgefahren wäre; aber diese fünf waren wie Wahnsinnige, setzten alle Segel auf und trieben ihr Boot in die See hinaus. Lotu machte sich daran, das Wasser auszuschöpfen; von den andern aber dachte keiner daran, ihm zu helfen, sondern sie sangen und trieben ihre Possen weiter und redeten seltsame Dinge, die über das Verständnis eines Menschen gehen, und lachten dabei laut, wie sie sagten. So schöpfte Lotu den ganzen Tag über auf Leben und Tod das Wasser aus dem Boot und war ganz klatschnaß vor Schweiß und kaltem Meerwasser; und keiner kümmerte sich um ihn. Gegen alle Erwartung kamen sie lebendig in einem fürchterlichen Sturm nach Papa-malulu, wo die Palmen im Winde heulten und die Kokosnüsse wie Kanonenkugeln auf die Dorfwiese flogen; und in derselben Nacht wurden die fünf jungen Herren krank und sprachen niemals wieder ein vernünftiges Wort, bis sie starben.

»Und willst du mir im Ernst behaupten, du kannst einen solchen Quatsch glauben?« fragte ich.

Sie sagte mir, die Geschichte sei wohlbekannt, und hübsche junge Männer, die allein wären, erlebten sogar häufig so etwas; dieses sei aber der einzige Fall, daß fünf gleichzeitig an demselben Tage und miteinander den Tod gefunden hätten durch die Liebe der Teufelinnen; und es hätte großes Aufsehen auf der Insel erregt; und sie wäre ja verrückt, wenn sie daran zweifelte.

»Na, jedenfalls brauchst du meinetwegen keine Angst zu haben. Ich habe keine Verwendung für die Teufelinnen. Du bist die einzige Frau, die ich brauche, und auch der einzige Teufel, alte Dame!«

Hierauf antwortete sie, es gäbe aber doch Teufelinnen, und sie habe mit ihren eigenen Augen eine gesehen. Eines Tages sei sie allein nach der nächsten Bucht gegangen und dabei vielleicht dem Rande des verzauberten Ortes zu nahe gekommen. Der Schatten von dem Gebüsch des Hochwaldes an der Hügelseite fiel über sie, sie selber aber war draußen auf einer flachen ebenen Stelle, die sehr steinig und dicht mit jungen, vier und fünf Fuß hohen Mummy-Apfelbäumen bestanden war. Es war ein dunkler Tag in der Regenzeit; bald kamen Windstöße und rissen die Blätter ab, daß sie herumwirbelten, bald war wieder alles still wie in einem Hause. Während einer solchen Stille geschah es, daß ein ganzer Schwarm von Vögeln und fliegenden Füchsen aus dem Busch herausflatterte, wie wenn die Tiere Todesangst hätten: gleich darauf hörte sie ein Rascheln ganz in der Nähe und sah am Waldsaum unter den Mummy-Äpfeln einen dürren, grauen alten Eber erscheinen. Wie er so herankam, schien er zu denken – wie ein Mensch; und wie sie ihn so herankommen sah, merkte sie plötzlich, daß es kein Eber war, sondern ein Wesen, das ein Mensch war und die Gedanken eines Menschen hatte. Da rannte sie davon und das Schwein hinter ihr her, und als das Schwein so rannte, schrie es laut, daß es widerhallte.

»Ich wollte, ich wäre da mit meiner Flinte gewesen«, sagte ich, »ich glaube, dann hätte das Schwein geschrien, daß es sich über sich selbst gewundert hätte.«

Aber sie sagte mir, eine Flinte nütze nichts gegen solche Geschöpfe, denn die wären Geister der Toten.

Na, mit diesem Geschwätz ging der Abend hin, und das war noch das Beste daran; aber natürlich änderte es nichts an meiner Meinung, und am nächsten Tage ging ich mit meinem Gewehr und einem guten Messer auf eine Entdeckungsreise aus.

Ich ging so nahe wie möglich an die Stelle heran, wo ich Case hatte aus dem Busch kommen sehen; denn ich rechnete so: Wenn er wirklich irgendein Gebäude im Busch hätte, so würde ich auch einen Pfad finden. Der Beginn der Wildnis wurde durch einen Wall bezeichnet, wenn ich es so nennen soll; denn es war eigentlich mehr ein langer Steinhaufen. Man sagt, dieser Steinhaufen gehe quer über die ganze Insel, aber woher man das weiß, das ist eine andere Frage; denn ich bezweifle, ob in hundert Jahren auch nur ein einziger Mensch diesen Weg gegangen ist, da die Eingeborenen hauptsächlich am Strande hausen und ihre kleinen Kolonien an der Küste haben, während dieser Teil der Insel verdammt hoch und steil und voll von Felsen ist. An der Westseite des Walles ist der Boden freigemacht worden, und dort wachsen Kokospalmen und Mummy-Äpfel und Guaven und Farnkräuter in Massen. Gleich gegenüber beginnt der richtige Wald, und zwar ein Hochwald: Die Bäume stehen hoch wie Schiffsmasten, und Lianen hängen herunter wie Schiffstakelungen, und eklige Orchideen wachsen dazwischen wie Pilze. Der Boden, der nicht von Unterholz bedeckt war, sah aus wie eine Anhäufung von Felsblöcken. Ich sah viele grüne Tauben, die ich hätte schießen können, aber ich war ja auf etwas anderes aus als auf Tauben. Zahlreiche Schmetterlinge flatterten über dem Boden auf und ab wie totes Laub; zuweilen hörte ich einen Vogelruf, zuweilen den Wind sausen und immerzu die See, die an den Strand donnerte.

Aber wie sonderbar der Ort war, das ist schwer zu beschreiben, es sei denn, der Zuhörer wäre schon selber einmal in einem Urwald gewesen. Am hellsten Sonnentage ist es immer dämmerig darin. Nirgends sieht man ein Ende; wohin man blickt, da schießt der Wald empor, und ein Busch fügt sich an den anderen wie die Finger an Ihrer Hand; und wenn man lauscht, hört man immer etwas Neues; Menschen sprechen, Kinder lachen, die Schläge einer Axt in weiter Ferne und zuweilen eine Art von schnellem verstohlenem Huschen ganz nahe, daß man auffährt und nach seinen Waffen greift.

Es ist ganz schön und gut, daß man sich selber sagt, man sei ja allein, nur Bäume und Vögel um einen herum – man kann es doch nicht glauben: Wohin man sich auch wendet, der ganze Wald scheint lebendig zu sein und einen anzuschauen. Glauben Sie nicht, Umas Faseleien hätten auf mich eingewirkt – auf Kanakengerede gebe ich keinen Heller; solche Gefühle sind im Busch natürlich und damit basta.

Als ich in die Nähe des Berggipfels kam – denn der Waldboden geht an dieser Stelle steil aufwärts wie eine Leiter –, da begann über mir der Wind zu sausen, und die Baumblätter bewegten sich hin und her, und zwischen ihnen hindurch schien die Sonne herein. Dies gefiel mir besser: Es war ein gleichmäßiges, andauerndes Geräusch, keine Töne, die einem plötzlich Angst machen. Nun, ich war an eine Stelle gekommen, wo ein dichtes Unterholz von sogenannten wilden Kokosnüssen stand – sehr hübsch sehen die Büsche aus mit ihren tabakroten Früchten – da kam in dem Wind eine Art von Singen an mein Ohr, daß ich dachte: So was habe ich in meinem Leben nicht gehört. Es war ja ganz nett, zu mir selber zu sagen, das seien nur die Zweige – ich wußte besser, daß es nicht die Zweige waren! Oder mir zu sagen, es sei ein Vogel – ich kannte keinen Vogel, der so sang! Der Ton erhob sich und schwoll an und verklang allmählich und schwoll wieder an. Jetzt dachte ich, es hörte sich an, wie wenn ein Mensch weine, nur war es ein sanftes, wohlklingendes Weinen; dann wieder kam es mir vor wie Harfenton. Soviel aber war sicher: Es klang so süß, daß es an einem solchen Ort nichts Natürliches sein konnte. Lachen Sie nur! Aber ich gestehe offen: Mir kamen die sechs jungen Weiber in den Sinn mit ihren scharlachroten Halsbändern, die aus der Höhle bei Fanga-anaana herauskamen, und ich fragte mich, ob sie wohl auch so gesungen hätten. Wir lachen über die Kanaken und ihre abergläubischen Einbildungen; aber sehen Sie nur, wie viele Händler daran glauben – glänzend erzogene Weiße, die daheim Buchhalter gewesen sind (wenigstens einige von ihnen) und Geschäftsangestellte. Ich bin der Meinung, ein Aberglaube wächst wie Unkraut; und als ich da so stand und auf diese klagenden Töne horchte, zitterte ich in meinen Schuhen.

Sie mögen mich einen Feigling nennen, weil ich solche Angst hatte; immerhin traute ich mir soviel Tapferkeit zu, vorwärts zu gehen. Aber ich ging mächtig vorsichtig, den Hahn meiner Flinte gespannt, um mich spähend wie ein Jäger, vollkommen darauf gefaßt, ein hübsches junges Weib irgendwo im Busch sitzen zu sehen, und vollkommen entschlossen, wenn ich eine sähe, eine Ladung Rehposten auf sie loszubrennen. Und richtig – ich war noch nicht weit gegangen, da bemerkte ich was Sonderbares. Ein starker Windstoß fuhr durch die Wipfel, die Blätter vor mir öffneten sich plötzlich, und ich sah eine Sekunde lang etwas in einem Baum hängen. Im Nu war es wieder fort, da der Windstoß vorüber war und die Blätter sich wieder schlossen. Ich sage Ihnen die Wahrheit: Ich war vollständig darauf gefaßt, einen Aitu zu sehen; und wenn das Ding wie ein Schwein oder wie ein Weib ausgesehen hätte, hätte es mich nicht so erschreckt. Das Schlimme war, daß es etwas Viereckiges zu sein schien, und die Vorstellung von etwas Viereckigem, das lebendig wäre und sänge, machte mich ganz dumm und dösig. Ich muß eine ganze Weile still gestanden haben; ich war ganz sicher, daß das Singen aus dem Baum gerade vor mir gekommen war. Endlich kam ich wieder zu mir selber und sagte zu mir:

»Na, wenn es wirklich so ist, dann ist dies ein Ort, wo es viereckige Dinge gibt, die singen. Ich bin nun einmal hier, so will ich auch für mein Geld meinen Spaß haben!«

Aber ich dachte, ich könnte ebensogut einmal versuchen, ob nicht außerdem ein Gebet gut sein könnte; so fiel ich denn auf meine Knie und betete laut; und während der ganzen Zeit, da ich betete, kamen die merkwürdigen Töne aus dem Baum heraus und schwollen an und sanken wieder und wechselten, gerade wie Musik – nur daß es offenbar nicht menschlich war, denn es war keine Melodie, die man hätte pfeifen können.

Sobald ich fertig gebetet hatte, wie es sich gehörte, legte ich mein Gewehr auf den Boden, nahm mein Messer zwischen die Zähne, ging gerade auf den Baum los und fing an hinaufzuklettern. Ich sage Ihnen, mein Herz war wie Eis. Aber plötzlich, als ich so hinaufstieg, erhaschte ich wieder einen Anblick von dem Ding, und das gab mir Erleichterung, denn ich dachte, es sähe aus wie eine Kiste, und als ich nun heran war, da wäre ich vor Lachen beinahe vom Baum gefallen.

Eine Kiste war es, ganz gewiß, und zwar eine Kerzenkiste mit der eingebrannten Marke auf der einen Seite, und Banjosaiten waren über die Öffnung gespannt, so daß sie klangen, wenn der Wind wehte. Ich glaubte, man nennt das Ding eine Tirolerharfe – was das nun immer sein mag[3] .

»Na, Herr Case«, sagte ich, »du hast mir einmal Angst gemacht, aber nun komm nur her, und versuche mir noch mal Angst zu machen!« sage ich, und damit rutsche ich vom Baum 'runter und mache mich wieder auf den Weg, um meines Feindes Hauptquartier aufzusuchen; ich dachte mir, das werde wohl nicht sehr weit entfernt sein.

Das Unterholz war an dieser Stelle sehr dicht; ich konnte nicht weiter sehen, als meine Nase lang war, und mußte mir mit Gewalt einen Weg bahnen, indem ich mit meinem Messer die Lianenstengel durchschnitt, und dabei zerhieb ich ganze Bäume mit einem Streich. Bäume nenne ich sie wegen ihrer Dicke, aber in Wirklichkeit waren sie nur dicke Stengel, so saftig, daß man sie wie eine Mohrrübe schneiden konnte. Nach der Art des Pflanzenwuchses, den ich da so sah, dachte ich bei mir selber, die Stelle möchte wohl früher einmal gelichtet worden sein, da stieß ich mit der Nase gegen einen Stein-

---

[3] Er meint Äolsharfe

haufen und sah sofort, daß das Menschenarbeit sein müßte. Gott weiß, wann dies Gebäude gemacht und wann es verlassen wurde, denn lange bevor die Weißen kamen, war dieser Teil der Insel schon nicht mehr betreten worden. Ein paar Schritte von diesem Steinhaufen traf ich auf den Pfad, nach dem ich die ganze Zeit ausgeguckt hatte. Er war schmal, aber gut ausgetreten, und ich sah, daß Case viele Jünger haben mußte. Es war in der Tat scheint's Mode, den Kühnen zu spielen und sich mit dem Händler hier hinaufzuwagen, und ein Jüngling hält sich kaum für erwachsen, bis er erstens sich seinen Hinteren hat tätowieren und zweitens Cases Teufel gesehen hat. Das sieht Kanaken mächtig ähnlich; aber wenn man sich die Sache näher ansieht, sieht es auch Weißen sehr ähnlich.

Als ich den Fußweg ein Stückchen entlanggegangen war, mußte ich stillstehen und mir die Augen reiben. Vor mir war ein Wall mit einer Lücke, durch die der Pfad ging; der Wall war verfallen und offenbar sehr alt, aber er war aus großen Steinen erbaut, die sehr sorgfältig aufeinandergelegt waren, und auf dieser Insel lebt heutzutage kein Kanake mehr, dem es auch nur im Traum einfallen könnte, so etwas bauen zu wollen. Oben auf dieser Mauer war eine ganze Reihe von merkwürdigen Figuren – Götzenbilder oder Vogelscheuchen oder Gott weiß was sonst. Sie hatten geschnitzte und gemalte Gesichter, greulich anzusehen; ihre Augen und Zähne waren aus Muscheln gemacht, ihre Haare und ihre bunten Kleider flatterten im Winde, und an einem von ihnen befanden sich Strippen zum Ziehen.

Nach Westen zu sind Inseln, wo solche Figuren noch jetzt hergestellt werden; aber auf dieser Insel ist, wenn überhaupt jemals welche gemacht worden sind, sogar die Erinnerung daran längst geschwunden. Und das Merkwürdige daran war, alle diese Schreckgestalten waren so neu wie Puppen aus einem Laden.

Da fiel mir ein, daß Case mir gleich am ersten Tag erzählt hatte, er sei ein guter Fälscher von Inselmerkwürdigkeiten – ein Geschäft, womit so mancher Händler sich einen anständigen Schilling extra verdient. Und da war mir denn die ganze Geschichte klar, und ich begriff, wie der Mann mit dieser Puppengalerie einen doppelten Zweck erreichte: Vor allen Dingen wurden seine Kuriositäten verwittert, außerdem ängstigte er damit die Kanaken, die ihn besuchen kamen.

Noch sonderbarer war dabei, daß während der ganzen Zeit rund um mich herum die Tirolerharfen auf den Bäumen sangen, und während ich noch dastand und guckte, kam ein grün und gelber Vogel – ich denke mir, er war beim Nestbauen – und begann von einer der Puppen Haare auszurupfen.

Ein Stück weiter hinten fand ich die Hauptmerkwürdigkeit des Museums. Das erste, was ich davon sah, war ein länglicher Erdhügel, aus dem ein Strick hervorsah. Ich räumte mit meinen Händen die Erde ab und fand darunter geteertes Segeltuch, das über Bretter gebreitet war, so daß dies also offenbar die Decke eines Kellers war. Ich stand mitten auf dem Erdhügel, und der Eingang war auf der andern Seite, zwischen zwei Felsen, wie der Eingang zu einem Keller. Ich ging hinein, bis ich an eine Krümmung kam, und als ich um die Ecke guckte, sah ich ein leuchtendes Gesicht. Es war groß und häßlich wie eine Pantomimenmaske, und die Helligkeit war manchmal größer, manchmal kleiner, und manchmal ging ein Rauch davon aus.

»Aha!« rief ich. »Leuchtfarbe!«

Und ich muß sagen, ich bewunderte eigentlich, wie erfindungsreich der Mann war. Mit einem Werkzeugkasten und ein paar ganz einfachen Vorrichtungen hatte er ein verteufeltes Ding von einem Tempel fertiggebracht. Jeder arme Kanake, den er in der Dunkelheit hier heraufbrachte, wo rund um ihn herum die Harfen winselten, und dem er dieses qualmende, leuchtende Gesicht hinten in einer Höhle zeigte, mußte felsenfest überzeugt sein, daß er für sein ganzes Leben lang genug Teufel gehört und gesehen hätte. Was Kanaken denken, kann man sich leicht vorstellen. Gehen Sie in die Zeit zurück, als Sie selber so zehn bis fünfzehn Jahre alt waren, und Sie haben einen Durchschnittskanaken. Manche Kanaken sind fromm, gerade so, wie es auch fromme Knaben gibt; die meisten von ihnen sind, ebenfalls wieder wie Knaben, mittelmäßig ehrlich und halten es eigentlich doch mehr bloß für einen Spaß, wenn sie mal stehlen; sie sind leicht in Angst zu setzen und haben eigentlich ganz gerne mal Angst. Ich erinnere mich aus meiner Schulzeit zu Hause eines Jungen, der auch so etwas Ähnliches hatte wie Case mit seinem

Götzentempel. Wissen tat er nichts, der Junge; machen konnte er auch nichts; er hatte keine Leuchtfarbe und keine Tirolerharfen; er sagte nur einfach ganz frech, er sei ein Hexenmeister, und wir fuhren vor Angst aus unseren Stiefeln und fanden das wonnig! Und dann erinnere ich mich ferner, wie der Schulmeister den Jungen geprügelt hatte und wie überrascht wir alle waren, daß der Hexenmeister seine Prügel hinnahm und brüllte, wie wir andern alle. Da dachte ich so bei mir selber: »Ich möchte auf irgendeine Weise es mit dem Meister Case ebenso machen.« Und im nächsten Augenblick kam mir ein Gedanke.

Ich ging den Fußweg zurück, der, wenn man ihn einmal gefunden hat, ganz deutlich zu sehen und leicht zu begehen war; und als ich auf den schwarzen Sand hinaustrat, wen sah ich da? Meister Case selbst! Ich spannte mein Gewehr und hielt es schußfertig, und wir beide gingen vorwärts und kamen aneinander vorbei, ohne ein Wort zu sagen, aber jeder guckte aus dem Augenwinkel auf den anderen. Und kaum waren wir aneinander vorüber, so machten wir beide auf dem Absatz kehrt, wie Soldaten beim Exerzieren, und standen Gesicht zu Gesicht. Na, wir hatten natürlich beide denselben Gedanken, nämlich, daß einer dem anderen seine Ladung in den Rücken feuern würde.

»Sie haben wohl heute nichts geschossen«, sagt Case.

»Ich bin heute nicht auf Schießen aus«, entgegne ich.

»Na, meinetwegen kann Sie der Teufel holen!« sagt er.

»Danke, gleichfalls!« erwidere ich.

Aber dabei blieben wir beide auf dem Fleck stehen; kein Gedanke daran, daß einer von uns sich rührte.

Case lachte und sagte:

»Wir können ja doch nicht hier den ganzen Tag stehenbleiben!«

»Lassen Sie sich durch mich nicht aufhalten!« sage ich.

Er lacht wieder und fragt: »Hören Sie mal, Wiltshire, halten Sie mich für einen Dummkopf?«

»Mehr für einen Schuft, wenn Sie es gerne wissen möchten«, antworte ich.

»Na, denken Sie, es würde mir etwas nützen, Sie hier, am offenen Strande, niederzuknallen?« sagte er. »Ich denke es nämlich nicht. Die Leute kommen hier jeden Tag zum Fischen her. Ein paar Dutzend sind vielleicht in diesem Augenblick weiter oben im Tal und machen Kopra; auf dem Berge hinter Ihnen sind vielleicht ein halbes Dutzend auf der Taubenjagd; vielleicht belauern sie uns in dieser Minute – das würde mich gar nicht wundern. Ich gebe Ihnen mein Wort, ich habe gar keine Lust, auf Sie zu schießen. Warum sollte ich auch Lust dazu haben? Sie sind mir in keiner Weise hinderlich! Sie haben kein einziges Pfund Kopra bekommen als die, die Sie mit Ihren eigenen Händen machten wie ein Negersklave. Sie vegetieren hier bloß – das ist das rechte Wort dafür –, und mir ist es einerlei, wo Sie vegetieren oder wie lange. Geben Sie mir Ihr Wort, daß Sie nicht auf mich schießen wollen, und ich mache den Anfang und gehe weg.«

»Schön«, sagte ich, »Sie sind offen und nett, nicht wahr? Und ich will ebenso sein. Ich habe nicht die Absicht, Sie heute totzuschießen. Warum auch? Die Geschichte fängt erst an; sie ist noch nicht aus, Herr Case. Sie haben schon einmal was von mir gekriegt; ich sehe zu meiner Freude die Spur von meinen Fäusten noch in diesem Augenblick an Ihrem Kopf, und Sie können noch mehr haben, wenn Sie Appetit haben. Ich bin kein gelähmter Krüppel wie Underhill. Mein Name ist nicht Adams und ist nicht Vigours, und ich gedenke Ihnen zu zeigen, daß Sie diesmal an den Rechten gekommen sind.«

»Das ist albernes Geschwätz«, sagte er, »mit solchem Gerede kriegen Sie mich nicht dazu, daß ich weitergehe.«.

»Na schön, bleiben Sie stehen, wo Sie sind. Ich habe es nicht eilig, das wissen Sie ja am besten. Ich kann den ganzen Tag hier am Strand bleiben, ich habe ja nichts zu versäumen. Ich habe ja keine Kopra, um die ich mich zu kümmern hätte. Ich habe auch keine Leuchtfarbe, nach der ich sehen müßte.«

Es tat mir sofort leid, daß ich dies letzte Wort sagte, aber es fuhr mir so heraus, ohne daß ich mir was dabei dachte. Ich konnte sehen, daß es ihm den Wind aus dem Segel nahm; er stand da, starrte mich an und runzelte die Stirn. Ich vermute, dann wurde ihm klar, daß er diesen Worten auf den Grund kommen mußte.

»Ich nehme Sie beim Wort!« sagte er, drehte sich um und ging schnurstracks in den Teufelsbusch.

Natürlich ließ ich ihn gehen, denn ich hatte ihm ja mein Wort gegeben, aber ich behielt ihn im Auge, solange er in Sicht war; und sobald er verschwunden war, ging ich fix in Deckung, und den Rest meines Heimwegs machte ich unter den Bäumen, denn ich traute ihm nicht für einen halben Schilling. Eins sah ich deutlich: Ich war ein Esel gewesen, ihn zu warnen, und was ich tun wollte, das mußte ich nun sofort tun.

Sie denken wohl, ich hätte für einen Vormittag genug Aufregung gehabt; aber es war noch eine andere für mich in Bereitschaft. Kaum war ich so weit am Vorgebirge vorüber, daß ich mein Haus sehen konnte, da bemerkte ich, daß Fremde dort waren; als ich ein bißchen näher war, sah ich es ganz deutlich. Zwei bewaffnete Schildwachen hockten an meiner Tür. Ich konnte nur annehmen, der Wirrwarr wegen Uma sei vollends zum Ausbruch gekommen und die Station sei im Sturm genommen. Ich konnte mir nichts anderes denken, als daß Uma schon gefangengenommen wäre und daß diese bewaffneten Kanaken auf mich warteten, um mich ebenfalls gefangenzunehmen.

Als ich jedoch näher kam – und ich lief in vollem Galopp, kann ich Ihnen sagen –, da sah ich, daß noch ein dritter Kanake auf der Veranda saß, und zwar als Gast, und daß Uma mit ihm sprach als Wirtin. Als ich noch näher kam, erkannte ich den großen jungen Häuptling, Maea, und sah, daß er freundlich lächelte und daß er rauchte. Und was rauchte er? Keine von euren europäischen Zigaretten, das Dreckzeug, das für Katzen gut ist, nicht einmal die echte große, höllisch starke Kanakenzigarre, die man doch wenigstens als Ersatz brauchen kann, wenn einem mal die Pfeife zerbrochen ist – sondern eine sehr anständige Zigarre, und noch dazu eine von meinen Mexikanern, für die ich garantieren konnte. Bei diesem Anblick klopfte mir das Herz, und eine wilde Hoffnung schoß mir durch den Kopf, daß all die Unruhe zu Ende und daß Maea versöhnt sei.

Uma zeigte mich ihm, als ich herankam, und er empfing mich und begrüßte mich oben an meiner eigenen Treppe wie ein vollendeter Gentleman.

»Vilivili«, sagte er – besser konnten sie meinen Namen nicht aussprechen –, »ich mich freuen.«

Daran ist nicht zu zweifeln: Wenn ein Kanakenhäuptling höflich sein will, dann kann er es wirklich sein. Bei seinem ersten Wort wußte ich, wie die Sachen standen. Uma brauchte mir erst gar nicht zu sagen: »Er nicht Angst haben vor Ese jetzt, kommen und bringen Kopra.«

Ich sage Ihnen, ich schüttelte dem Kanaken die Hand, wie wenn er der beste Weiße in Europa wäre.

Die Sache stand so: Case und er waren hinter dem gleichen Mädel her, oder wenigstens hatte Maea ihn in Verdacht, und da hatte er beschlossen, dem Händler einen Streich zu spielen. So hatte er sich denn fein herausgeputzt, ließ ein paar von seinem Gefolge sich sauber anziehen und sich bewaffnen, um die Sache recht öffentlich zu machen, und dann hatte er bloß gewartet, bis Case aus dem Dorf war, und war nun gekommen, um mir seine Kundschaft zuzuwenden. Er war ein reicher Mann und hatte Einfluß. Ich vermute, der Mann machte jährlich seine fünfzigtausend Nüsse. Ich gab ihm dafür den Inselpreis und noch ein Viertelcent darüber, und was den Kredit anbetraf, so hätte ich ihm das ganze Lager von meinem Kaufladen und die Einrichtung noch dazu auf Pump gegeben – so freute ich mich, ihn zu sehen! Ich muß sagen, er kaufte wie ein Gentleman – Reis und Konserven und Zwieback genug für ein Gelage, das eine ganze Woche gedauert hätte, und Kleiderstoffe bolzenweise. Übrigens war er ein netter Mensch, er hatte viel Humor, und wir machten alle möglichen Witze miteinander, meistens allerdings mit Vermittlung von Uma als Dolmetscherin, denn er konnte nur wenig Englisch, und mein Inselkanakisch hatte noch keine Farbe. Soviel sah ich deutlich: Er konnte in Wirklichkeit nicht sehr böse auf Uma gewesen sein und hatte auch keine wirkliche Angst gehabt, sondern offenbar sich nur so gestellt, weil er vielleicht gedacht hatte, Case hätte einen großen Anhang im Dorf und könnte ihm von Nutzen sein.

Dies brachte mich nun auf den Gedanken, daß wir alle beide etwas in der Klemme waren. Was er getan hatte, war gegen die Stimmung des ganzen Dorfes und konnte ihm vielleicht seinen Einfluß kosten. Ja noch mehr: Nach dem Gespräch, das ich am

Strande mit Case gehabt hatte, dachte ich, es könnte mir selber wohl mein Leben kosten. Case hatte mir ziemlich deutlich gesagt, er würde mich niederknallen, wenn ich jemals Kopra bekäme; nun würde er nach Hause kommen und finden, daß der beste Kunde im ganzen Dorf in den anderen Laden gegangen war. Ich hielt es daher für das beste, erst einmal die Sache mit dem Abschießen in Ordnung zu bringen.

Darum sagte ich zu Uma: »Hör mal, Uma, sage ihm, es tue mir leid, daß ich ihn habe warten lassen, aber ich war im Busch und sah mir Cases Tiapolo-Bude an.«

»Er mögen wissen, Ihr nicht Angst haben?« übersetzte Uma die Antwort des Kanaken.

Ich lachte heraus und rief:

»Na, wovor denn? Sag ihm, der ganze Zauber ist weiter nichts als ein Spielzeugladen! Sag ihm, in England geben wir solche Sachen den kleinen Kindern zum Spielen.«

»Er mögen wissen, Ihr hören Teufel singen?« war die nächste Frage.

Hierauf antwortete ich: »Sieh mal, ich kann es jetzt im Augenblick nicht machen, weil ich gerade keine Banjosaiten auf Lager habe; aber das nächste Mal, wenn das Schiff vorbeikommt, will ich so einen Singeteufel hier auf dieser Veranda anbringen, und dann kann er selber sehen, wieviel Teufelei dabei ist. Sag ihm, sobald ich die Saiten kriegen kann, will ich ihm einen für seine kleinen Krabben machen. Man nennt das Ding eine Tirolerharfe, und du kannst ihm sagen, der Name bedeute auf englisch, daß kein Mensch, der nicht ein verdammter Schafskopf ist, auch nur einen Cent dafür gibt.«

Jetzt war er zufrieden, und er freute sich so, daß er wieder mal sein Englisch versuchen mußte und mich fragte:

»Sie sprechen wahr?«

»Will ich meinen. Spreche wie Bibel. Hole die Bibel her, Uma, wenn du so ein Ding hier hast, und ich will sie küssen. Oder ich will dir noch was Besseres sagen«, rief ich, denn plötzlich schoß mir das

Richtige durch den Kopf. »Frag ihn, ob er sich fürchtet, selber am hellen Tage dorthin zu gehen?«

Anscheinend fürchtete er sich nicht; er sagte, bei Tage und in Gesellschaft könne er es wohl riskieren.

»Na, dann ist es gut!« sagte ich. »Sage ihm, der Mann ist ein Schwindler, und die ganze Zauberei im Walde ist ein Narrenkram! Und wenn er morgen da hinaufgehen will, so wird er sehen, was davon noch übrig ist, aber sage ihm dies, Uma, und paß auf, daß er dich richtig versteht: Wenn er davon spricht, muß es unbedingt dem Case zu Ohren kommen, und dann bin ich ein toter Mann! Sag ihm, ich spiele auch sein, Maeas Spiel, und wenn er ein einziges Wort sagt, wird mein Blut über ihn kommen, und er wird verdammt sein, hier und ewiglich.«

Sie sagte ihm dies, und er gab mir die Hand und schüttelte mächtig die meinige und sagte: »Nicht reden. Gehen hinauf morgen. Sie mein Freund?«

»Nee, Herr!« sage ich da. »Nichts von solchem Quatsch! Sag ihm, Uma, ich sei hier, um Handel zu treiben und nicht um Freundschaften zu schließen. Aber den Case – den Mann will ich in die himmlische Seligkeit befördern!«

So ging denn Maea ab und war in recht guter Stimmung, wie ich wohl sehen konnte.

Nacht im Busch

Na, ich hatte mich nun festgelegt: Tiapolo mußte vor dem nächsten Morgen kurz und klein geschlagen sein, und so hatte ich denn alle Hände voll zu tun, nicht nur mit meinen Vorbereitungen, sondern auch mit Reden. Mein Haus war wie ein Debattierklub, so redete Uma fortwährend über dasselbe Thema: Ich solle doch nicht bei Nacht in den Busch gehen, denn wenn ich das täte, käme ich niemals mehr zurück. Sie kennen schon die Art, wie Uma argumentierte: Sie hatten eine Probe mit Königin Viktoria und dem Teufel; und Sie mögen sich selber ausmalen, wie müde mich das machte, bevor es dunkel war.

Schließlich hatte ich einen guten Einfall. Welchen Zweck hatte es, meine Perlen vor Uma zu werfen? Etwas von ihrem eigenen gehäckselten Heu würde wahrscheinlich ein besseres Futter für sie sein, so dachte ich und sagte:

»Nun will ich dir mal was sagen: Fische mal deine Bibel heraus, und die werde ich mitnehmen. Dann kann mir nichts geschehen.«

Sie schwur, eine Bibel nütze nichts. Ich aber sagte:

»Das ist bloß deine kanakische Unwissenheit. Bring die Bibel her!«

Sie brachte das Buch, und ich schlug das Titelblatt auf, weil ich mir dachte, es werde doch wahrscheinlich etwas Englisch darauf stehen – und richtig, so war es.

»Da!« rief ich. »Sich dir das an! ›London: Printed for the British and Foreign Bible Society, Blackfriars‹, und dann kommt die Jahreszahl, die ich nicht lesen kann, weil sie mit diesen Xen gedruckt ist. Kein Teufel in der Hölle kann gegen die Bible Society, Blackfriars, an! Tja, du kleiner Dummbart! Wie denkst du denn, wir würden sonst mit all unseren Aitus zu Hause fertig? Alles bloß Bible Society!«

»Ich denken, Ihr haben gar keine Aitus. Weißer Mann, er sagen mir, Ihr nicht haben.«

»Klingt sehr wahrscheinlich – was? Wie sollten denn alle diese Inseln gepfropft voll von ihnen sein und in Europa gar keine?«

»Nun, Ihr auch nicht haben Brotbaum.«

Ich hätte mir die Haare ausraufen mögen.

»Nu hör einmal, du alte Dame – jetzt laß das mal gefälligst, ich habe die Geschichte jetzt satt! Ich nehme die Bibel mit, und dadurch bin ich so sicher wie in Abrahams Schoß – und damit basta.«

Die Nacht wurde außergewöhnlich dunkel, denn mit Sonnenuntergang zogen Wolken auf und breiteten sich über den ganzen Himmel aus; kein Stern war zu sehen; vom Mond war nur ein kleines Endchen zu erwarten, und auch das nicht vor den frühen Morgenstunden. Das Dorf drüben war von den Lichtern und Feuern in den offenen Häusern und von den Fackeln vieler Fischer, die bei den Klippen zu tun hatten, so lustig und hell beleuchtet, wie wenn Illumination wäre; aber die See und die Berge und Wälder waren rein wie verschwunden. Es mochte wohl acht Uhr sein, als ich mich, beladen wie ein Esel, auf den Weg machte. Erstlich war da die Bibel – ein Buch, so dick wie Ihr Kopf, das ich mir durch meine eigene Dämlichkeit aufgeladen hatte. Sodann waren da meine Flinte und mein Messer, eine Laterne und Sicherheitsstreichhölzer – lauter notwendige Dinge. Und außerdem hatte ich die Hauptsache für mein Vorhaben zu schleppen, nämlich einen verdammt schweren Packen Schießpulver, ein paar Fischer-Dynamitbomben und zwei oder drei Stück langsam brennender Zündschnur, die ich aus meinen Kisten herausgeklaubt und, so gut ich konnte, zusammengedreht hatte, denn die Lunten waren bloß schlechtes Zeug für die Kanaken, und ich wäre verrückt gewesen, wenn ich mich auf sie verlassen hätte. Alles in allem hatte ich also, wie Sie sehen, die Bestandteile zu einem netten kleinen Feuerwerk dabei! Die Kosten waren mir schnuppe; ich wollte, daß die Sache ordentlich klappte.

Solange ich im offenen Gelände war und mich nach der Lampe in meinem Haus richten konnte, ging es gut. Aber als ich auf den Fußweg kam, da wurde es so finster, daß ich blindlings herumtappte, gegen Bäume anrannte und dabei fluchte, wie einer, der im Schlafzimmer nach den Streichhölzern sucht. Ich wußte wohl, daß es gewagt war, Licht zu machen – denn meine Laterne mußte auf dem ganzen Weg bis zur Spitze des Kaps sichtbar sein, und da nach Sonnenuntergang niemals ein Mensch dorthin ging, so mußte darüber gesprochen werden, und Case mußte davon hören. Aber was sollte ich tun? Ich mußte entweder die Geschichte aufgeben und mich vor Maea blamieren, oder ich mußte die Laterne anstecken und auf gut Glück mich durchwinden, so gut ich's eben konnte.

Solange ich auf dem Fußweg war, ging ich schnell; als ich aber an den schwarzen Strand kam, mußte ich laufen! Denn es war jetzt beinahe Hochwasser, und um mit meinem Pulver trocken zwischen der Brandung und dem steilen Felsen hindurchzukommen, mußte ich so schnell laufen, wie ich nur konnte. Trotz meiner Fixigkeit ging mir das Wasser bis über die Knie, und ich wäre beinahe über einen Felsblock gestolpert. Diese ganze Zeit über hielten die Eile, womit ich lief, und die frische Luft und der Seegeruch mich in Aufregung; als ich aber mal im Busch war und den steilen Pfad hinaufklomm, nahm ich die Sache leichter. Die Schrecknisse des Urwaldes waren ein gut Teil verblaßt, nachdem ich Meister Cases Banjosaiten und Puppen gesehen hatte; trotz alledem war es kein angenehmer Gang, und ich dachte so bei mir selber, daß die Teufelsjünger, wenn sie da hinaufgingen, wohl eine gräßliche Angst ausstehen mußten. Das Laternenlicht, das auf alle diese Baumstämme, gegabelten Äste, zusammengedrehten und verschlungenen Lianenstengel fiel, machte den ganzen Ort, oder soviel man eben davon sehen konnte, zu einem Rätsel sich bewegender Schatten. Sie kamen auf einen los, stramm und schnell wie Riesen, kehrten dann plötzlich um und verschwanden; sie schwebten einem über dem Kopf wie Keulen und flogen davon in die Nacht hinein wie Vögel. Der Waldboden flimmerte von faulem Holz, wie man an einer Streichholzschachtel noch einen Streifen nachleuchten sieht, wenn man ein Zündholz angerieben hat. Von den Zweigen über mir fielen große, kalte Tropfen auf mich herab wie Schweißtropfen. Es war sozusagen kein Wind da; nur ein leiser, eisiger Hauch von einer Landbrise, in der sich kein Blatt rührte; und die Harfen waren stumm.

Aber lustig wurde ich zum erstenmal, als ich mich durch das Unterholz von wilden Kokossträuchern hindurchgearbeitet hatte und die Götzenpuppen auf der Mauer erblickte. Unheimlich sahen sie aus in dem Schein meiner Laterne, mit ihren bemalten Gesichtern und Muschelaugen, mit ihren Kleidern und den langen Haaren. Eine nach der andern holte ich sie alle herunter und stapelte sie zu einem Haufen auf dem Kellerdach auf, damit sie mit dem Rest gen Himmel fahren könnten. Dann suchte ich mir hinter einem der großen Steine am Eingang eine passende Stelle aus, grub mein Pulver und die beiden Bomben ein und legte meine Zündschnur. Und dann guckte ich mir noch mal den rauchenden Kopf an, bloß so, um Adieu zu sagen. Er qualmte mächtig.

»Man munter!« sagte ich. »Sie werden gleich befördert!«

Ich hatte erst die Absicht, die Lunte anzuzünden und mich sofort auf den Heimweg zu machen; denn von der Finsternis und dem faulen Holz und den Schatten der Laterne gruselte mir etwas. Aber ich wußte ja, wo eine von den Harfen hing, und es schien mir zu schade zu sein, wenn die nicht mit dem Rest in die Luft flögen; gleichzeitig aber mußte ich mir selber gestehen, daß die ganze Geschichte mir verdammt zum Halse heraushing und daß ich am liebsten zu Hause hätte sein wollen, hinter Tür und Riegel. Ich ging aus dem Keller ins Freie und überlegte mir das Ganze noch mal von vorne und hinten. Tief unter mir in der Ferne brauste die See am Strand; in der Nähe rührte sich kein Blatt; es war, wie wenn ich das einzige lebende Wesen auf dieser Seite von Kap Horn wäre. Na, wie ich da so stand und nachdachte, da war es, wie wenn der Busch erwachte und voll von leisen Geräuschen wäre. Leise Geräusche waren es nur und nichts Schlimmes dabei – ein kleines Knacken, ein kleines Rauschen –, aber nur blieb auf einmal der Atem stehen, und die Kehle wurde mir so trocken wie ein Schiffszwieback, Nicht vor Case hatte ich Angst – obgleich das ganz vernünftig gewesen wäre – , an Case dachte ich gar nicht; was mich packte, scharf wie ein Bauchgrimmen, das waren die Altweibergeschichten – von den Teufelinnen und den Menschenschweinen. Um ein Haar wäre ich davongerannt. Aber ich rappelte mich zusammen und trat vor, hielt die Laterne hoch – wie ein richtiger Dummkopf – und sah mich um.

In der Richtung nach dem Dorf und dem Fußweg war nichts zu sehen; aber als ich mich nach der Landseite drehte, da – ich wundere mich heute noch, daß ich nicht umfiel. Da – direkt aus der Wildnis und dem Teufelsbusch – jawohl! – da kam eine Teufelin, und die sah gerade so aus, wie ich sie mir vorgestellt hatte. Ich sah das Licht auf ihren nackten Armen und ihren funkelnden Augen glänzen, und da schrie ich auf, daß ich dachte, es wäre mein Tod.

»Oh! Nicht rufen laut!« sagte die Teufelin in einer Art von lautem Flüstern. »Warum Ihr rufen laut? Ihr machen Licht aus! Ese er kommen.«

»Allmächtiger Gott – Uma, bist du das?«

»Djo!« sagt sie; das heißt: ja. »Ich kommen schnell. Ese hier bald.«

»Du kommst allein? Du hast keine Angst?« fragte ich.

»Ach, zuviel Angst!« flüsterte sie und klammerte sich an mich. »Ich denke sterben.«

»Na«, sagte ich, mit einem etwas kümmerlichen Lächeln, »ich werde dich nicht auslachen, Frau Wiltshire. Ich habe selber eine gräßliche Angst gehabt, wie kaum ein Mann im ganzen Südlichen Pazifik.«

Sie sagte mir in zwei Worten, warum sie gekommen war. Ich war scheint's kaum fort, da kam Fa'avao zu ihr, und die alte Frau hatte den Schwarzen Jack gesehen, wie er, so schnell er konnte, von unserem Hause zu Case rannte. Uma hatte kein Wort gesprochen, sondern war hinausgerannt, um mich zu warnen. Sie war so dicht hinter mir, daß die Laterne ihr den Weg über den Strand gezeigt hatte, und später hatte der Lichtschein zwischen den Bäumen ihr die Richtung bergauf gezeigt. Nur als ich oben angekommen war oder mich im Keller befand, da war sie irr gelaufen, Gott weiß wohin, und hatte eine Masse kostbarer Zeit verloren; denn sie wagte nicht laut zu rufen, weil sie dachte, Case wäre dicht hinter ihr, und in dem Unterholz war sie gestolpert und gefallen, so daß sie ganz verschrammt und zerschlagen war. Auf diese Weise mußte sie zu weit nach Süden gekommen sein, so daß sie schließlich in meiner Flanke auftauchte und mir einen Schreck einjagte – ich kann gar nicht sagen, was für einen!

Na, alles war besser als eine Teufelin! Aber ihre Geschichte schien mir ernst genug zu sein, der Schwarze Jack hatte bei meinem Hause nichts zu suchen, wenn er nicht als Aufpasser dahin geschickt war; und es kam mir vor, wie wenn meine dämliche Rede von der Leuchtfarbe und dazu vielleicht noch ein Geplapper von Maea uns alle in eine verdammte Klemme gebracht hätte. Eins war klar: Uma und ich mußten die ganze Nacht im Busch bleiben; vor dem Morgen durften wir es nicht wagen, nach Hause zu gehen, und selbst dann würde es sicherer sein, den Umweg über den Berg zu machen und von der anderen Seite her uns am Dorf vorbeizuschleichen – sonst konnten wir leicht in einen Hinterhalt hineinlaufen. Außerdem war es klar, daß ich die Mine sofort springen lassen mußte, sonst konnte mir Case noch dazwischenkommen.

Ich ging also in den Kellerhals hinein, Uma dicht hinter mir, machte meine Laterne auf und zündete die Lunte an. Das erste Stück der Lunte brannte wie Papier, und ich stand ganz dumm dabei, sah es brennen und dachte, wir würden mit Tiapolo in die Luft gehen, was durchaus nicht in meiner Absicht lag. Das zweite Stück ging besser, aber immer noch schneller, als mir lieb war; und dabei kam ich wieder zur Besinnung, schob Uma schleunigst aus dem Keller hinaus, blies meine Laterne aus und warf sie fort, und nun tasteten wir beide uns in den Busch hinein, bis ich dachte, nun wären wir wohl in Sicherheit, und dann legten wir uns nebeneinander unter einen Baum.

»Alte Dame«, sagte ich zu ihr, »diese Nacht werde ich nicht vergessen. Du bist ein gutes Mädchen – wenn dir das man bloß gut bekommt!«

Sie drängte sich dicht an mich heran. Sie war vom Hause fortgelaufen, so wie sie war, mit nichts auf dem Leibe als ihrem Hüftschurz; sie war klitschnaß vom Tau und von dem Meerwasser am schwarzen Strand und zitterte vor Kälte und aus Angst vor der Dunkelheit und den Teufeln.

»Zu viel bange sein«, war alles, was sie sagte.

Die andere Seite von Cases Hügel fällt beinahe so steil wie ein Abgrund nach dem nächsten Tal ab. Wir lagen hart an dessen Rand, und ich konnte das tote Holz leuchten sehen und die See unten in der Ferne brausen hören. Die Stellung gefiel mir nicht, denn ich hatte keine Rückzugslinie; aber ich wagte mich nicht zu rühren, und dann sah ich, daß ich noch einen größeren Fehler gemacht hatte, nämlich mit der Laterne: Die hätte ich brennen lassen sollen, dann hätte ich auf Case losknallen können, sobald er in den Lichtschein getreten wäre. Und selbst wenn ich nicht so viel .Vernunft gehabt hätte, es so zu machen, so war es doch offenbar sinnlos, die gute Laterne mit den Götzenpuppen zusammen in die Luft fliegen zu lassen. Schließlich war sie doch mein und war Geld wert und konnte noch benutzt werden. Wenn ich nur hätte der Lunte trauen können, so wäre wohl noch Zeit gewesen, hinüberzulaufen und sie zu retten. Aber wer konnte sich auf die Lunte verlassen? Sie wissen ja, wie die Handelsware hier in der Südsee ist. Das Zeug war gut genug für Kanaken, um damit zu fischen, wobei sie überhaupt flink sein und aufpassen müssen, und das Höchste, was sie dabei riskieren, ist, daß ihnen die Hand weggerissen wird. Aber für einen, der sich an eine Mine heranwagen wollte, wie ich sie da zurechtgemacht hatte, war eine solche Lunte einfach Schund.

Alles in allem konnte ich nichts Besseres tun, als still zu liegen, meine Schrotflinte schußfertig zu halten und auf die Explosion zu warten. Aber das war eine langweilige Geschichte! Die Nacht war so dunkel, wie wenn man sie hätte schneiden können; man konnte weiter nichts sehen als das eklige gespensterhafte Glimmen des toten Holzes, und dabei sah man weiter nichts als das Holz selbst. Ich spitzte die Ohren, bis ich dachte, ich könnte die Lunte im Kellerraum brennen hören, und der Busch war so stumm wie ein Sarg. Ab und zu gab es ein leichtes Knacken; aber ob dies nahebei oder weit weg war, ob es Case war, der vielleicht ein paar Ellen von mir mit seinen Schuhspitzen gegen was anstieß, oder auch ein Baum, der meilenweit entfernt auseinanderkrachte – darüber wußte ich nicht mehr als ein ungeborenes Kind.

Und dann, ganz plötzlich, ging der Vesuv in die Luft! Es dauerte lange, bis es losging; aber *als* es losging – ich sollte ja nicht damit renommieren, aber man konnte wirklich nicht verlangen, was Schöneres zu sehen. Zuerst war es bloß wie ein Flintenschuß und wie ein Feuerstrahl; dann kam ein heller Schein, wie wenn der ganze Wald in Flammen stände – so hell, man hätte dabei lesen können. Uma und ich wurden unter einer Wagenladung Erde halb begraben, und Gott sei Dank, daß es nicht schlimmer kam: Denn einer von den Felsblöcken beim Kellereingang wurde hoch in die Luft gefeuert, fiel ein paar Klafter von der Stelle nieder, wo wir lagen, flog über den Rand des Abgrundes und polterte in das nächste Tal hinunter. Ich sah nun, daß ich entweder unseren Abstand zu klein genommen oder daß ich zu viel Dynamit und Pulver eingegraben hatte – welches von beiden Sie nun wollen.

Und plötzlich sah ich, daß mir außerdem noch ein Versehen unterlaufen war. Der Lärm, der die ganze Insel erschüttert hatte, begann zu ersterben. Das Blitzlicht war erloschen; und trotzdem wurde es nicht wieder Nacht, wie ich erwartete. Denn das ganze Gehölz war mit glühenden Kohlen und Feuerbränden von der Explosion her besät; rund um mich herum lagen sie auf der Lichtung; einige waren ins Tal hinuntergefallen und einige staken in den Baumwipfeln und flackerten da. Vor einer Feuersbrunst hatte ich keine Angst, denn diese Wälder sind zu naß, um in Brand zu geraten. Das Schlimme war bloß, daß der ganze Ort beleuchtet war – nicht übermäßig hell, aber doch hell genug, um einen Schuß dabei loszuknallen; und wie die glühenden Kohlen herumlagen, war es ebenso wahrscheinlich, daß Case eher dabei den Vorteil haben würde als ich selber. Sie können sich wohl denken: Ich sah mich überall um nach seinem käsigen Gesicht; aber es war keine Spur von ihm zu sehen. Uma lag neben mir, ganz leblos, wie wenn der Blitz und der Knall ihr den Rest gegeben hätten.

Vor allem war da ein böses Ding für mich: Eins von den verdammten geschnitzten Götzenbildern war kaum vier Ellen von mir niedergefallen, und Haare und Kleider und Holz brannten lichterloh. Ich blickte ganz vorsichtig rund um mich herum – immer noch kein Case, und mir war klar, ich mußte dieses brennende Holz loswerden, bevor er käme, sonst würde ich niedergeschossen werden wie ein Hund.

Erst dachte ich, ich wollte hinüberkriechen; dann aber schien mir, Schnelligkeit wäre die Hauptsache, und ich richtete mich halb auf, um einen Sprung zu machen. In demselben Augenblick kamen von irgendwoher zwischen mir und der See ein Blitz und ein Knall, und eine Büchsenkugel pfiff mir am Ohr vorbei. Stracks war ich auf und hatte mein Gewehr fertig, aber der Kerl hatte eine Winchester, und bevor ich ihn bloß zu sehen kriegte, schmiß sein zweiter Schuß mich um wie einen Kegel. Mir war es, wie wenn ich in die Luft flöge, dann fiel ich mitten im Sprung hin und lag eine halbe Minute ganz dösig da; und dann merkte ich, daß meine Hände leer waren: Mein Gewehr war mir über den Kopf geflogen, als ich stürzte. Man wird verdammt hellwach, wenn man in so einer Klemme ist wie ich in dem Augenblick. Ich wußte kaum, wo ich getroffen war, ob ich überhaupt getroffen war oder nicht – aber ich warf mich im Nu herum auf den Bauch, um zu meiner Waffe zu kriechen. Wenn Sie's noch nicht versucht haben, mit einem zerschossenen Bein zu kriechen, dann wissen Sie nicht, was Schmerz ist! Na, ich brüllte wie ein Ochse!

Das war das unglücklichste Geräusch, das ich in meinem ganzen Leben gemacht habe. Bis dahin war Uma unter ihrem Baum geblieben, als ein vernünftiges Weib, das genau wußte, es würde mir nur im Wege sein; aber sobald sie mich brüllen hörte, rannte sie vorwärts, die Winchester krachte wieder – und da lag Uma.

Ich hatte mich, trotz Bein und allem, aufgerichtet, um sie anzuhalten; aber als ich sie purzeln sah, da klappte ich auf meinem Fleck zusammen, lag still und fühlte nach meinem Messergriff. Ich hatte es vorhin zu eilig gehabt, und dabei hatte Case mich erwischt. Das war nun vorbei. Er hatte mir meine Frau niedergeknallt, dafür mußte er mir nun heran! Und so lag ich da und knirschte mit den Zähnen und überlegte mir, wie die Aussichten standen. Mein Bein war kaputt, mein Gewehr war futsch. Case hatte noch zehn Schüsse in seiner Winchester. Die Sache sah ziemlich hoffnungslos für mich aus. Aber ich dachte nicht einen Augenblick an Verzweifeln, sondern bloß: der Mann muß heran.

Für eine nette Weile rührte sich keiner von uns beiden. Dann hörte ich, wie Case sich im Busch näher heranbewegte, aber mächtig vorsichtig. Das Götzenbild war ausgebrannt; nur hier und dort lagen noch ein paar Kohlen herum, und der Wald war eigentlich wieder dunkel, bloß ein ganz schwaches Glühen war noch drin, wie in einem Feuer, das in den letzten Zügen liegt. Bei diesem Schimmer erspähte ich Cases Kopf, wie er über einen großen Farnstrauch nach mir Ausschau hielt, und in demselben Augenblick sah der Kerl mich und legte seine Winchester an. Ich lag ganz still und sah sozusagen in den Lauf seines Gewehres hinein – das war die letzte Möglichkeit für mich. Aber ich dachte dabei, mein Herz hätte mir die Brust zersprengt. Dann feuerte er; zu meinem Glück war es kein Schrotgewehr; denn die Kugel schlug einen Zoll vor mir ein, daß mir die Erde in die Augen spritzte.

Versuchen Sie bloß mal, ob Sie still liegen können, wenn einer im Sitzen auf Sie schießt und um ein Haarbreit vorbeitrifft. Aber ich lag still, und das war mein Glück. Eine Weile stand Case mit der Winchester im Anschlag; dann lachte er ein bißchen vor sich hin und kam hinter dem Farnbusch heraus.

»Lach du nur!« dachte ich. »Wenn du nur so klug wärst wie eine Maus, würdest du beten!«

Es ging um mein Leben. Sobald er in Griffweite kam, hatte ich ihn am Enkel, riß ihm das rechte Bein unter dem Leibe weg, legte ihn auf den Rücken und war, trotz meinem kaputten Bein, auf ihm, bevor er nur schnaufen konnte. Seine Winchester war denselben Weg geflogen wie meine Schrotflinte; mir war's einerlei; – nun hatte ich ihn! Ich bin überhaupt ein ziemlich starker Mann; aber ich hatte nie gewußt, was Stärke ist, bis zu diesem Augenblick, als ich Meister Case in meinen Fäusten hatte. Er hatte durch den Ruck, womit er geflogen war, halb die Besinnung verloren und warf beide Hände auf einmal hoch, beinahe wie ein Weib, das Angst hat; so packte ich sie alle beide mit meiner Linken. Das weckte ihn auf, und er schlug seine Zähne in meinen Unterarm wie ein Wiesel. War mir schnuppe. Mein Bein tat mir so weh, wie ich's nur verlangen konnte, auf ein bißchen mehr Schmerzen kam's nicht an, und ich zog mein Messer und setzte es ihm auf die Brust.

»So!« sagte ich. »Nun hab' ich dich! Mit dir ist's aus, und 's ist nicht schade drum! Fühlst du die Spitze? Dies ist für Underhill! Und das für Adams! Und das hier ist für Uma – und da noch eins zum Abschied für deine schöne Seele!«

Und damit gab ich ihm den kalten Stahl mit aller Kraft. Sein Leib wippte unter mir wie 'n Sprungsofa; er stieß ein gräßliches, langes Stöhnen aus und ward still.

»Ob du wohl tot bist? Hoffentlich!« dachte ich; denn mir wurde schwarz vor den Augen. Aber ich wollte es nicht auf eine bloße Möglichkeit ankommen lassen; dazu hatte ich sein eigenes Beispiel zu nahe vor Augen; und so versuchte ich, ihm das Messer aus dem Leibe zu ziehen, um es ihm noch einmal zu geben. Das Blut strömte über meine Hände; ich erinnere mich noch, es war so heiß wie Tee; und damit schwand mir die Besinnung, ich fiel und lag mit meinem Kopf auf dem Munde des Kerls.

Als ich wieder zu mir kam, war es pechdunkel; die Kohlen waren ausgebrannt; nichts war zu sehen als der Schein des alten Holzes, und ich konnte mich nicht erinnern, wo ich war, auch nicht, warum ich solche Schmerzen hatte und wovon ich so naß war. Dann kam mir die Erinnerung, und das erste, was ich besorgte, war, daß ich ihm das Messer noch ein halbes dutzendmal bis ans Heft in die Brust stieß. Ich glaube, er war schon tot; aber es tat ihm ja nicht weh, und mir tat es gut.

»Ich wette, jetzt bist du tot!« sage ich, und dann rief ich nach Uma.

Keine Antwort. Da machte ich eine Bewegung, um nach ihr herumzutasten, stieß mit meinem kaputten Bein an und fiel wieder in Ohnmacht.

Als ich zum zweiten Male zur Besinnung kam, hatten alle Wolken sich verzogen; nur ein paar segelten, weich wie Watte, am Himmel entlang. Der Mond war aufgegangen – ein Tropenmond. Der Mond bei uns zu Hause macht einen Wald schwarz; aber in diesem Schein eines alten, kleinen Mondstümpfchens lag der Wald so grün wie bei Tage da. Die Nachtvögel – oder eigentlich ist es eine Art von Frühmorgenvögeln – sangen ihre langen, fallenden Töne wie Nachtigallen. Und ich konnte den toten Mann sehen, auf dem ich noch mit meinem halben Leibe lag. Mit seinen offenen Augen sah er gerade zum Himmel hinauf, nicht bleicher, als er bei Lebzeiten gewesen war; und ein kleines Ende weiter lag Uma auf der Seite. Ich rutschte zu ihr hinüber, so gut ich konnte; und als ich bei ihr war, da war sie hellwach und weinte und schluchzte vor sich hin, ganz leise, leise – nicht lauter als ein Käfer. Sie hatte scheint's Angst, laut zu weinen wegen der Aitu. Alles in allem war sie nicht schwer verwundet, aber sie hatte eine unglaubliche Angst; schon vor einer langen Weile war sie zur Besinnung gekommen, hatte nach mir gerufen, keine Antwort gehört und infolgedessen angenommen, daß wir beide tot seien. Dann hatte sie eine ganze Zeit über dagelegen und vor Angst nicht gewagt, einen Finger zu rühren. Die Kugel hatte ihr die Schulter aufgepflügt, sie hatte eine tüchtige Masse Blut verloren; die Wunde war aber bald in einem regelrechten Verband, den ich aus meinem Hemdschoß und meiner Halsbinde herstellte. Dann legte ich ihren Kopf auf mein gesundes Knie, lehnte mich mit dem Rücken gegen einen Baumstumpf, machte es mir so bequem wie möglich und wartete, daß der Morgen käme. Uma war für mich ganz nutzlos, und schön aussehen tat sie auch nicht; sie konnte weiter nichts tun, als sich an mich anklammern und zittern und weinen. Ich glaube nicht, daß jemals ein Mensch ärgere Angst gehabt hat als Uma, aber gerechterweise muß ich auch sagen: Sie hatte eine muntere Nacht gehabt. Ich selber hatte tüchtige Schmerzen und Fieber dazu, aber es war nicht übermäßig schlimm, wenn ich still saß; und jedesmal, wenn ich nach Case hinübersah, hätte ich singen und pfeifen mögen. Was ist Essen und Trinken! Der Anblick des Mannes, der da tot wie ein Hering lag, machte mich vollkommen satt.

Nach einer Weile hörten die Nachtvögel zu singen auf; und dann begann das Licht sich zu ändern. Der Osten wurde orangerot, der ganze Wald begann zu schwirren von Vogelgesang wie eine Spieldose, und dann war es heller Tag.

Ich erwartete Maea noch für eine lange Weile nicht; im Gegenteil, mir kam der Gedanke, es sei gar nicht unmöglich, daß er von seiner Absicht abgehe und überhaupt nicht komme. Um so mehr freute ich mich, als ich ungefähr eine Stunde nach Tagesanbruch mit Stöcken gegen die Bäume schlagen und einen Haufen Kanaken laut lachen und schreien hörte, um sich Mut zu machen. Uma richtete sich frisch und munter auf, sowie sie das erste Wort hörte; und auf einmal sahen wir einen ganzen Trupp vom Fußweg herüberkommen – Maea voran, und hinter ihm ein Weißer mit einem Tropenhelm. Es war Herr Tarleton, der spät am vorigen Abend in Falesa angekommen war; er hatte sein Boot landen lassen und war die letzte Strecke bis zum Dorf zu Fuß mit einer Laterne gegangen.

Sie begruben Case auf dem Felde der Ehre, in der Höhle selbst, in der er das qualmende Haupt gehabt hatte. Ich wartete, bis die Geschichte vorüber war; und Herr Tarleton betete, was nach meiner Meinung Narrenkram war – aber ich muß sagen, er gab eine recht trübselige Schilderung der künftigen Aussichten des teuren Verstorbenen und schien über die Hölle seine eigene Meinung zu haben. Ich disputierte später mit ihm darüber und sagte ihm, seine Predigt sei Pfuscharbeit gewesen; er hätte es ganz anders machen müssen, nämlich sich wie ein Mann hinstellen und den Kanaken klipp und klar sagen, Case sei verdammt, und es sei gut, daß man ihn los wäre. Aber es gelang mir nicht, ihn von der Richtigkeit meiner Meinung zu überzeugen.

Hierauf machten sie für mich eine Tragbahre aus Ästen und trugen mich nach der Station hinunter. Herr Tarleton schiente mein Bein und behandelte es wie ein richtiger Missionar, so daß ich noch den heutigen Tag hinke. Als er damit fertig war, schrieb er meine Zeugenaussage nieder, vernahm auch Uma und Maea, schrieb alles fein säuberlich auf und ließ uns unterzeichnen; und dann ließ er die Häuptlinge holen und marschierte mit ihnen nach Papa Randalls Haus hinüber, um Cases Papiere in Beschlag zu nehmen.

Alles was sie fanden, war eine Art Tagebuch, das eine ganze Reihe von Jahren geführt worden war und worin weiter nichts stand als Eintragungen über den Koprapreis, gestohlene Hühner usw.; außerdem waren da bloß noch die Geschäftsbücher und das Testament, wovon ich Ihnen schon zu Anfang erzählte, und aus beiden ergab sich, daß die ganze Geschichte, Haus und Hof, Geld und Gut seinem samoanischen Weibe gehörte. Ich selber kaufte ihr alles ab, und zwar um einen recht vorteilhaften Preis, denn sie hatte es eilig, nach Hause zu kommen. Randall und der Schwarze mußten davon; richteten eine Art von Station da in der Gegend von Papa-malulu ein und machten sehr schlechte Geschäfte; denn, um die Wahrheit zu sagen, keiner von beiden verstand etwas davon; sie lebten hauptsächlich vom Fischen, und das kostete dem alten Randall das Leben. Eines Tages kam scheint's ein netter großer Zug von Fischen in die Bucht, und Papa ging mit Dynamit auf sie los; entweder brannte die Lunte zu schnell, oder Papa war voll, oder auch beides, genug, die Bombe ging los – in der üblichen Weise – bevor er sie schmiß, und wo war da Papas Hand? Na, dabei ist ja weiter nichts Schlimmes; die Inseln nach Norden zu sind voll von Einhändigen wie die Kerls da in Tausendundeinernacht – aber entweder war Randall zu alt, oder er trank zuviel – na, kurz und gut, er starb. Recht bald darauf wurde der Nigger an die Luft befördert, weil er bei Weißen gestohlen hatte. Er ging nach Westen und fand da Menschen von seiner eigenen Farbe, die ihm vielleicht besser gefiel, und die Menschen seiner eigenen Farbe griffen ihn und aßen ihn als eine Art von Herzstärkung, und ich hoffe von Herzen, er hat ihnen gut geschmeckt!

So saß ich denn allein in meiner Glorie in Falesa; und als der Schoner kam, füllte ich das ganze Schiff, und es bekam noch eine Decksladung, halb so hoch wie mein Haus. Ich muß sagen, Herr

Tarleton nahm sich unser sehr eifrig an; aber zugleich nahm er eine Art Rache, die nicht nett von ihm war. Er sagte nämlich zu mir:

»Nun, Herr Wiltshire, ich habe Sie jetzt mit allen Leuten hier auf einen guten Fuß gebracht. Es war nicht schwierig, da Case nicht mehr da war; aber ich habe es getan und habe außerdem mein Wort darauf gegeben, daß Sie gegen die Eingeborenen ehrlich sein werden. Ich muß Sie bitten, daß Sie mein Wort halten.«

Na, das tat ich. Wegen meiner Waage hatte ich einige Gewissensbisse, aber ich sagte mir so: Wir haben alle Waagen, die nicht ganz in Ordnung sind, und die Kanaken wissen das alle und wässern ihre Kopra entsprechend, so daß schließlich doch alles recht ist. Aber ich hatte tatsächlich Gewissensbisse; obgleich ich in Falesa gute Geschäfte machte, war ich doch beinahe froh, als die Firma mich nach einer anderen Station versetzte, wo mir keine Art von Ehrenwort auferlegt war und ich mit ruhigem Gewissen meine Waage ansehen konnte.

Meine alte Dame kennen Sie ja ebensogut wie ich. Sie hat nur den einen Fehler: Wenn ich nicht fortwährend mein Auge drauf hätte, würde sie das Dach von meinem Hause wegschenken. Na, das scheint so in der Kanakennatur zu liegen. Sie ist jetzt ein mächtig starkes Weib geworden und könnte einen Londoner Schutzmann über ihre Schulter schmeißen. Aber das ist ebenfalls in der Natur der Kanaken, und ganz ohne jeden Zweifel ist sie eine Ehefrau von prima Sorte.

Herr Tarleton ist nach England zurückgegangen, als seine Zeit um war. Er war der beste Missionar, den ich jemals traf, und ist jetzt scheint's Pfarrer irgendwo da in Somerset. Nun, das ist gewiß das beste für ihn; da wird er wohl keine Kanaken haben, deretwegen er sich verrückte Ideen in den Kopf setzen kann.

Wie es mit meiner Kneipe geworden ist, fragen Sie? Gar nichts natürlich, und es wird wohl auch nicht dazu kommen. Ich stecke hier wohl fest, denke ich mir. Sehen Sie, ich möchte mich nicht von den Kleinen trennen, und – es hat ja keinen Zweck, sich selber etwas vorzureden – sie sind hier besser aufgehoben als in einem Land mit weißen Leuten; allerdings hat Ben, der Schiffer, den Ältesten mit nach Auckland hinübergenommen, wo er mit den Besten zur Schule geht. Aber was mir Kopfweh macht, das sind die Mädchen.

Natürlich sind sie nur Halbblut, das weiß ich ebensogut wie Sie, und kein Mensch kann von Halbblut geringer denken als ich; aber sie sind *mein,* und sie sind so ziemlich mein Alles und Einziges. Ich kann mich nicht mit dem Gedanken befreunden, daß sie sich mit Kanaken verheiraten, und ich möchte wohl wissen: Wo werde ich die Weißen für sie finden?

Über tredition

Eigenes Buch veröffentlichen

tredition wurde 2006 in Hamburg gegründet und hat seither mehre-re tausend Buchtitel veröffentlicht. Autoren veröffentlichen in we-nigen leichten Schritten gedruckte Bücher, e-Books und audio-Books. tredition hat das Ziel, die beste und fairste Veröffentli-chungsmöglichkeit für Autoren zu bieten.

tredition wurde mit der Erkenntnis gegründet, dass nur etwa jedes 200. bei Verlagen eingereichte Manuskript veröffentlicht wird. Da-bei hat jedes Buch seinen Markt, also seine Leser. tredition sorgt dafür, dass für jedes Buch die Leserschaft auch erreicht wird.

Im einzigartigen Literatur-Netzwerk von tredition bieten zahlreiche Literatur-Partner (das sind Lektoren, Übersetzer, Hörbuchsprecher und Illustratoren) ihre Dienstleistung an, um Manuskripte zu ver-bessern oder die Vielfalt zu erhöhen. Autoren vereinbaren direkt mit den Literatur-Partnern die Konditionen ihrer Zusammenarbeit und partizipieren gemeinsam am Erfolg des Buches.

Das gesamte Verlagsprogramm von tredition ist bei allen stationä-ren Buchhandlungen und Online-Buchhändlern wie z. B. Amazon erhältlich. e-Books stehen bei den führenden Online-Portalen (z. B. iBookstore von Apple oder Kindle von Amazon) zum Verkauf.

Einfach leicht ein Buch veröffentlichen: **www.tredition.de**

Eigene Buchreihe oder eigenen Verlag gründen

Seit 2009 bietet tredition sein Verlagskonzept auch als sogenanntes "White-Label" an. Das bedeutet, dass andere Unternehmen, Institutionen und Personen risikofrei und unkompliziert selbst zum Herausgeber von Büchern und Buchreihen unter eigener Marke werden können. tredition übernimmt dabei das komplette Herstellungs- und Distributionsrisiko.

Zahlreiche Zeitschriften-, Zeitungs- und Buchverlage, Universitäten, Forschungseinrichtungen u.v.m. nutzen diese Dienstleistung von tredition, um unter eigener Marke ohne Risiko Bücher zu verlegen.

Alle Informationen im Internet: **www.tredition.de/fuer-verlage**

tredition wurde mit mehreren Innovationspreisen ausgezeichnet, u. a. mit dem Webfuture Award und dem Innovationspreis der Buch Digitale.

tredition ist Mitglied im Börsenverein des Deutschen Buchhandels.

Dieses Werk elektronisch lesen

Dieses Werk ist Teil der Gutenberg-DE Edition DVD. Diese enthält das komplette Archiv des Projekt Gutenberg-DE. Die DVD ist im Internet erhältlich auf **http://gutenbergshop.abc.de**

Zeitfracht Medien GmbH
Ferdinand-Jühlke-Straße 7
99095 Erfurt, Deutschland
produktsicherheit@kolibri360.de